漫娱图书

热望

极川 著

长江出版社　漫娱图书

目录 Contents

第一章　007　LIU YAN
流言

第二章　037　DONG ZHI
冬至

第三章　055　FENG XUE
风雪

第四章　091　ZHI TIAO
纸条

第五章　109　ER DING
耳钉

第六章　135　POU BAI
剖白

CONTENTS

第七章
等 待 167
DENG DAI

第八章
旅 行 185
LV XING

番外一
新 年 205
XIN NIAN

番外二
培 训 211
PEI XUN

番外三
萝卜坑 219
LUO BO KENG

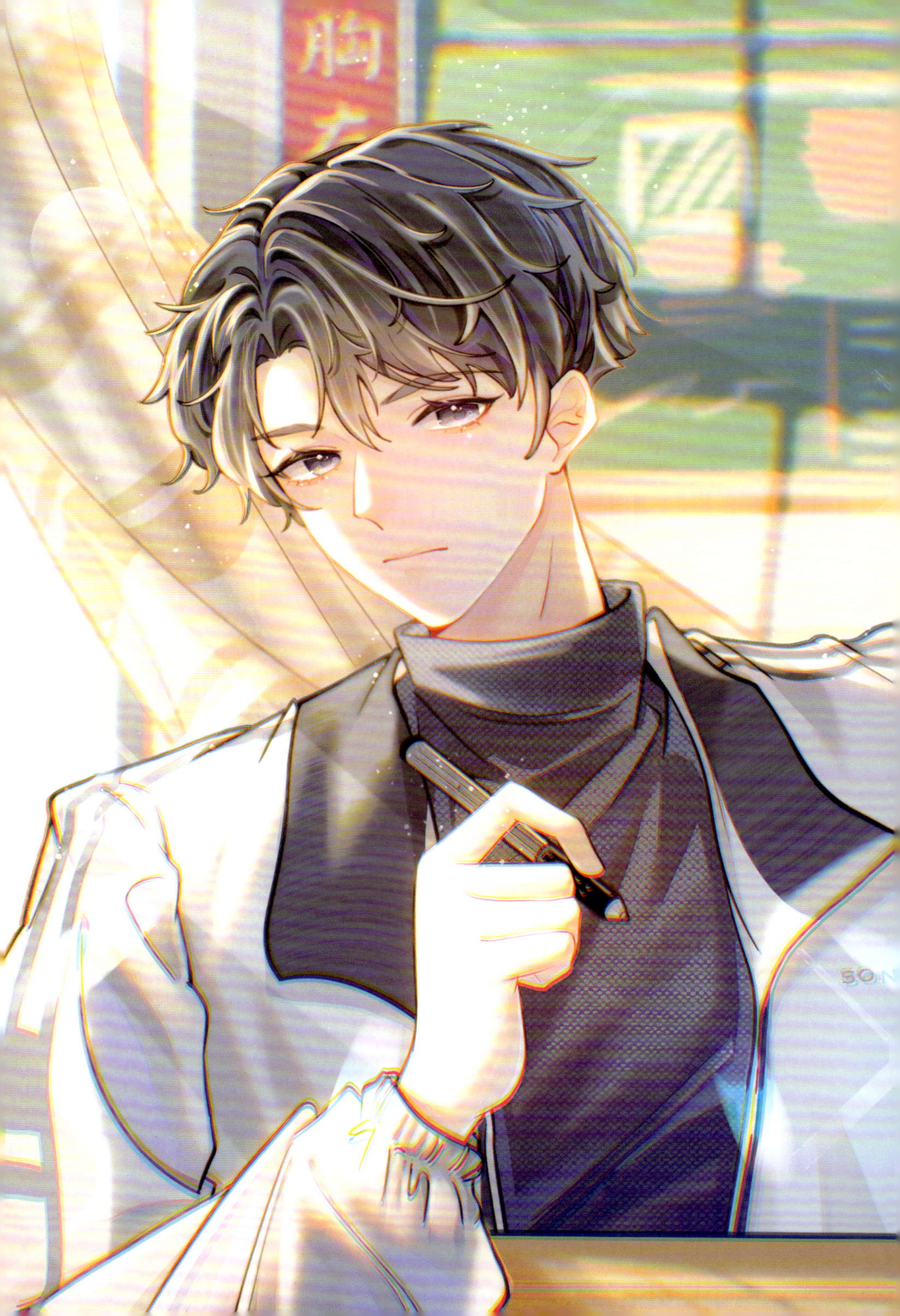

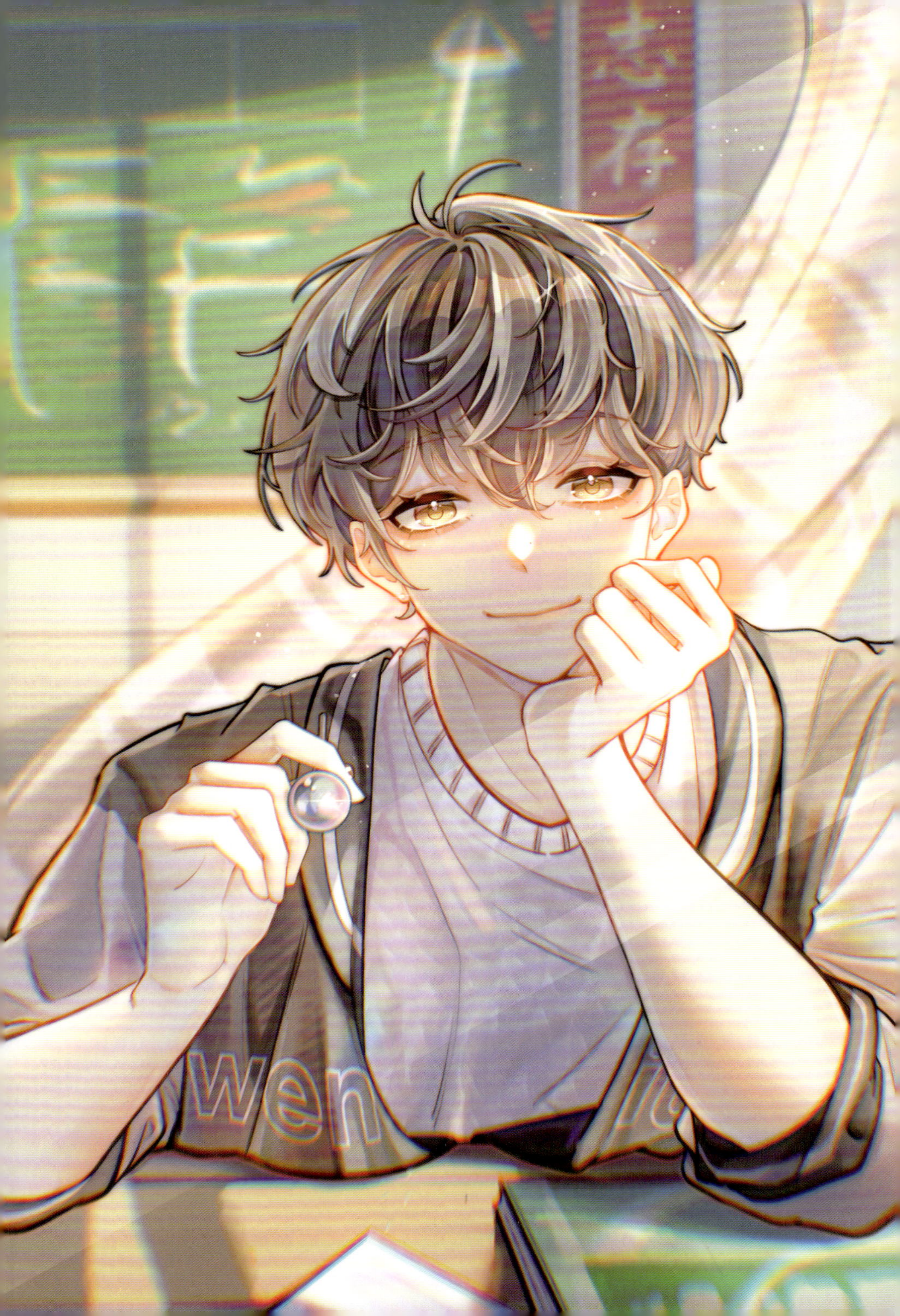

"你生气吗?我不告诉你志愿的事。"
"我好像只能接受。"宋宗言苦笑了下,"你这样为难我,闻邱,我很生气,但是……"

但是,一遇上闻邱,他总有那么多的但是,一次次地违背原则。

"咸的橙子不好吃。"

第一章

流言
Gossip and scandal

Liu ✉ Yan

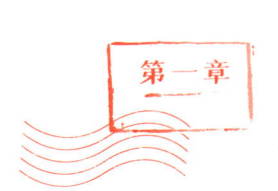

流言
Gossip and Scandal

第一章

　　窗户被推开一条缝，冷风霎时灌进来。前排的女生或有所感，立时回头，语气冰冷如刀："麻烦关上行吗？我觉得很冷。"

　　闻邱笑了下，语气却不和善："但我很热。"

　　两人对峙了一番，见闻邱不打算关窗，女生狠狠剜了他一眼，自己伸出手来重重一推窗户，"砰"的一声响，窗户紧紧闭上，冷风消失不见。

　　数学系专用自习教室里正自习的学生们循声望来，眼见是闻邱与人发生了矛盾，顿时见怪不怪，转头同旁人促狭地讲起八卦。

　　虽然听不到他们在说些什么，但总归不会是好话。

　　闻邱耸了耸肩，也没再去开窗，而是消停下来摊开自己桌上的试卷来写。前座的女生仿佛打了场胜仗，从鼻腔里"哼"了一声，转过了头去。

密密麻麻几十人围坐在一间教室，又开了暖气，空气流通不开，呼吸间全是滚滚热流。闻邱在试卷上乱画了几笔，等周遭的议论声和探究戏谑的目光逐渐消失，他才从口袋里掏出一片口香糖塞进嘴里，趴在桌上百无聊赖地转笔，然后慢吞吞地偏头去看旁边那人。

室内温度至少有二十三度，宋宗言只穿了一件黑色的高领毛衣，袖子捋上去一截，露出线条优美的小臂。他的肩颈弧度流畅，鼻梁高挺，瞳仁又黑又亮……

"喂，宋宗言。"闻邱喊他。

宋宗言握着笔写字的手一顿，笔尖停在一道选择题上："什么？"

"看我。"闻邱用舌头卷了卷嘴里的口香糖，吹了个泡泡出来，白色的泡泡维持了两秒，他又伸出舌头重新卷回嘴里，半张脸埋在手臂间冲宋宗言意味不明地笑着。

宋宗言将他一番无聊举动收进眼底，眉毛都未一动，接着冷淡地转过头去继续写材料。

闻邱自讨没趣却并不觉难堪，自顾自地嚼着口香糖。

等两颊都嚼酸了，自习结束的铃声终于响起，闻邱从课桌上抬起头来。他眯了一会儿，尚有些迷糊。

余光瞥见旁边的宋宗言已经收拾完桌子上的书本，准备回宿舍，闻邱猛地站起来，椅子"吱呀"一声响，又有几双眼睛盯着他。闻邱眉梢都未抬，只顾把桌上的东西胡乱扫进书包里，嘴里叫道："等我一起走。"

宋宗言当他不是在跟自己说话，长腿一迈就走了出去。闻邱在后面跟着，到楼梯口时赶上了人，两人并肩往楼下走。

宋宗言要去操场，他习惯晚上自习结束后去夜跑。闻邱也跟着进了操场，宋宗言当他是空气。

可待一圈跑完，看台上的闻邱还坐在那儿托着腮，见他跑了过来还挥了手，两手拢起做喇叭状："加油。"

"别跟着我。"宋宗言终于搭理他。

闻邱一张脸映在操场的灯下，隐约可见晚自习睡觉时留下的红色印子，他无辜地摊手："我忘记带钥匙了。"

宋宗言盯了他几秒，追究不出真假，便拿出钥匙丢过去。

闻邱没接住，钥匙掉在了地上，他蹲下身摸黑去捡，捡到后痛快地拿起书包走人。

宋宗言跑完步回来，又在走廊撞上了闻邱，对方拿了他的钥匙后似乎并未立即回宿舍，而是去了趟学校超市。

闻邱看见宋宗言过来，晃了晃手里的塑料袋："我去超市买饮料，给你也带了一瓶。"

"看看闻邱，"走廊上的人都听见了这话，有好事的男生凑近宋宗言，挤眉弄眼道，"真是个贴心的小跟班。"

闻邱也听见了这话，走过去笑眯眯道："我还多买了几瓶，送你喝。"

那男生退后几步，说："那倒不必了。"

围观的人竖着耳朵笑起来，那笑未必有多恶毒，可也决计令人不舒服。闻邱一贯人缘不好，此时只当作没听见，抬脚进了自己的寝室。

宋宗言落后几步到宿舍时，看见闻邱把矿泉水放他桌上。他这才开口道："拿走，我不喝。"

"特地买给你的，我不喝没味道的水。"闻邱说，"不喝你就扔了吧。"

宋宗言果真要把它扔进垃圾桶，闻邱不悦："你真扔啊？"

宋宗言皱眉看着他，把矿泉水扔进垃圾桶，转身进了浴室洗澡。

大学的熄灯时间是十一点，十点半时却有人在宿舍楼下喊闻邱。这声音一出，寂静的宿舍楼里立即像炸开的锅，一群无事可做的男生齐齐奔向阳台。

"闻邱，快出来。"楼下那人又喊了一声。

一群人往楼下看，议论纷纷。

孙世楼站在楼下，见有人探头，还朝他们吹了声口哨。他是学校里出了名的纨绔子弟，"光辉事迹"一抓一大把，大家多多少少都对他的恶劣行径有所耳闻。

不知什么时候起，闻邱和孙世楼扯上了关系。大家看不惯孙世楼，连带着也看不惯闻邱，甚至有意无意排挤他。

一个好好的大学生，罔顾自己的前途，整天和人瞎混，还因此挨了处分，关于闻邱的流言蜚语开始满天飞。闻邱看上去并不在乎自己的名声，依旧我行我素。

闻邱在孙世楼喊第一声时就听见了，宋宗言当然也听到了，他坐在床上翻着书未发一言。他们因为孙世楼吵过一次，当时宋宗言劝闻邱少跟这种"二世祖"混在一起，闻邱却不以为意，最后不欢而散。

闻邱从床上下来翻找衣服，显然是准备出去。

衣服还未换完，敲门声就响了，敲门的人很急躁，连着敲了三四下，闻邱拽好衣服去开门，孙世楼火速挤了进来。

闻邱笑着道："都要睡了你才来找我。"

孙世楼答："月上柳梢头，人约夜半后。"

"别埋汰诗词了。"闻邱笑他。

孙世楼转了转椅子，坐下来打量这间宿舍，看见坐在床上看书的宋宗言，复又站起来："学霸在看什么啊？"

宋宗言没回应。好在孙世楼虽是个不学无术的纨绔子弟，脾气却不错，被人无视了也不恼，反而热情邀请道："要一起出去玩玩吗？"

闻邱道："走吧，别打扰人家看书了。"

他俩走到门口，屋里人忽然开口："钥匙。"

闻邱关门的手一顿。

"我带啦，不劳烦你留门。"闻邱回身晃了晃手里的钥匙，一双眼睛弯起来，"嗯……也可能今晚不回来。"

凌晨，昏暗屋内里忽然响起窸窸窣窣的声响，宋宗言半梦半醒，忍了片刻那声音依然没消退。

有人开门进来，脚步凌乱，跌跌撞撞间不知碰倒了什么东西，发出一声闷响。可制造噪音的人浑然不觉自己惊扰到了他人，也未打算放轻动作。

"砰"的一声，豁然亮起的手机灯光猛地驱散了黑暗。

闻邱见宋宗言起身，轻声问："你还没睡啊？"

宋宗言被吵醒，有些不悦，他看了闻邱一眼，换了个姿势躺下，背对闻邱，没再理他。

第二天，关于闻邱半夜溜出去玩的闲言碎语又多了一些，流言越传越离谱，说什么的都有，大家一致认为，闻邱经常夜不归宿，指不定是和那些纨绔子弟一起干什么违法乱纪的勾当。

中午放学后，闻邱被班主任丁老师叫去了办公室。

午休时间的教师办公楼门可罗雀，闻邱跳上三层台阶，敲开了门。

丁晖见他进来，丢了沓纸到他面前："自己看看你上次的期末考的成绩。"

一塌糊涂。

闻邱低头翻看成绩表，在靠后的位置找到了自己，目光再上移，最上面是个熟悉的名字。

"你还笑得出来。"丁晖看他竟笑了起来，顿时恨铁不成钢道，"这个成绩有哪里值得笑？"

"第一又是宋宗言。"闻邱按下成绩表,"这回又得是一等奖学金吧?"

"他考这成绩在我意料之中。"丁晖又甩给他一张成绩表,"别转移话题,你再看看这个。"

"这才是真的惨不忍睹啊。"闻邱感叹,一连串两位数的分数坠在孙世楼的名下,"不过比上次好。"

"他怎么样都能好,一时走岔了路也不怕一条道走到黑。"丁晖观察他的神色,蓦地由衷一叹气,"倒是你。闻邱,以你的天分,本来保研都不是问题,现在却非要让自己连毕业都困难是不是?"

"丁哥觉得我能考到多少分?"闻邱支着脑袋在他对面坐下,认真思虑道,"把宋宗言踢下去行不行?"

丁晖瞬间破功,笑骂他:"做梦呢!"

闻邱说:"对啊,做梦呢。反正我也考不过他,那考成什么样都不重要了。"

丁晖却一反平常与他嬉皮笑脸、没大没小的模样,正色道:"考试不及格不重要?"

闻邱还在笑,"嗯"了一声。

"我还是那句话,"丁晖真心实意地劝诫,"孙世楼跟你不一样,他不怕走错路,但你不行。你多少要为自己的未来打算,也得为自己的言行举止负责。"

"丁老师觉得为难了?"闻邱不以为意,"要是为难,也不必顾忌着我爸爸,开除我也没关系。"

丁晖一愣，骂道："小兔崽子！"

他是真生了气，平复了好几次呼吸才又开口："我答应过你爸让你平稳地把学上完，但你也给我稍微收敛点。平时跟孙世楼这种小混混瞎混像什么样子？你还是不是个学生了？"

闻邱不以为然地点头，嘴里应着"知道啦"，可看样子完全没把丁晖的话当回事。

丁晖忽生一股无力感。他是新手教师，毕业便来了这所学校，数学系这群学生是他带的首届，自然也多用心了几分。他本是很喜欢闻邱的——聪明，有点天分，虽然平时在学习上不太用功，比较懈怠，可成绩过得去，人品也不错。平时丁晖没少"偏爱"他，几乎是把他当弟弟般对待。

可闻邱现在像是变了一个人，自甘堕落，没有丝毫进取心。

丁晖克制着怒气又把一张东西甩给他："你要随心所欲地堕落我阻止不了，但前提是别打扰别人。"

闻邱把那张纸从胸前拿到眼前——是一张申请外宿的书面材料。

宋宗言在给一个女生讲题，他讲得认真，可听的人心不在此，眼神一直有意无意地在宋宗言英俊的脸上扫过。

宋宗言今天穿的也是一件高领毛衣。很少有男生能把高领衣服穿出冷冽的英气，偏偏他做到了。毛衣领子挡住喉结，从闻邱的角度看过云，能看见一截下巴。

"喂，你要搬出去？"等女生走了，闻邱用笔戳了戳宋宗言。

"嗯。"宋宗言没有抬头看他。

"回家住吗？你家在市区，离学校很远，来回得要两个多小时吧。"闻邱说。

"不需要你操心。"宋宗言回道。

"还是你要租房子？可最近的小区都在三公里外吧。"新校区毗邻近郊，方圆十里几乎都是荒地，人迹罕至，"住宿舍不好吗？"

宋宗言这回看他了，闻邱很快保证："我下次不让他来了。"

"那是你的事。"宋宗言答。

"真的，"闻邱顿了顿，"我知道你对我俩交朋友的事一直有意见，我保证不会再打扰你，别搬出去了。"他眼睛细长，所以大部分时候看起来都有些狡猾，可这会儿好似含着真诚的恳求。

宋宗言的表情却丝毫未松动："这是我自己的事。"

"你知道，我最不喜欢给人添麻烦。"闻邱蹙眉，"你这样一走，还叫都是自己的事吗？"

"我不知道你喜欢什么，不喜欢什么。"宋宗言看着他，"我们没那么熟，闻邱。"

闻邱一怔，半晌才慢吞吞地回道："这样啊。"

宋宗言见他不再缠着自己，正过脸去打算继续看书，可过了一会儿觉得不对劲，往旁边一瞥，发现向来不爱认真写作业的闻邱拿了张干净的纸，正低着头奋笔疾书。

宋宗言视力很好，一眼就看到那上面显眼的三个字——申请书。

闻邱察觉对方在看他，也不遮掩，把手臂撤开，让宋宗言能清楚地看到他在写什么。

闻邱把纸一推，推到他面前，说："你不用走，我搬出去。"

丁晖又收到了一份外宿申请书，落款人是闻邱。两份几近相同的申请书一左一右地摆在办公桌上，丁晖差点被气笑了。

一个是镇班之宝，一个是他真心关爱觉得不该堕落至此的学生。本来都令他极为省心，却都反叛起来。

下午最后一节课前，宋宗言被丁晖叫了出去。

在班上和闻邱关系不错的储文馨倒是好奇地跑来问闻邱："宋面瘫这次是不是又考了第一？"

闻邱答非所问："他哪里面瘫了？"

"不面瘫吗？"储文馨坐在宋宗言的位置上，"就这两个月来，他都不怎么搭理你吧，以前你们俩关系明明那么好，现在连个笑都没见过，这还不面瘫？"

"你看现在有几个人肯搭理我？"闻邱扫视了一眼整个班级。

"我看挺多的，我不就愿意搭理你吗？"储文馨不悦地驳斥道，"你也就是叛逆了点儿，又不是什么洪水猛兽。亏我以前还觉得宋宗言是个不错的人，没想到也这么迂腐！"

"同学你用词怎么这么不讲究？"闻邱被逗乐了。

迂腐？闻邱把这词套在宋宗言身上就觉得莫名好笑，以至于对方回来上课了他还在笑。

宋宗言感到莫名其妙。

"丁哥找你去说什么了？"闻邱收了笑，开始骚扰坐下来听课的宋宗言。

宋宗言果不其然又没回应他，闻邱心知肚明地问："你不搬出去了吧？"

宋宗言这才看他："这不是你想要的结果吗？"

丁晖劝解了许久才令宋宗言打消搬出宿舍的念头。

"再有下次，他敢再带孙世楼去你们宿舍玩闹，影响你学习，我给你解决。"这是丁晖的承诺。

宋宗言其实不需要别人帮他想办法，搬出宿舍、去租房或者回家，他都可以。但闻邱从中作梗，宋宗言要搬走，他就紧随其后递申请，令丁晖左右为难。

"我知道闻邱现在挺叛逆，也不知道是哪根筋不对，事儿一出一出地闹。"丁晖一说到闻邱简直有倒不尽的苦水，可话锋一转，又不禁惋惜，"但闻邱人不坏，你应该比我更清楚……"

这俩小子从前关系不错，同进同出，宛如穿一条裤子的兄弟，连丁晖都有所了解。

"我真不会带人回宿舍玩了。"闻邱再次做保证，"再有下次，我自己立即主动搬出去好不好？"

可他刻意示好也没再换来宋宗言多看他一眼。

不过宋宗言不会搬出去了。只要目的达到，闻邱便不在乎他对自己是什么态度。

傍晚，学校操场。

"晚上出去吃饭？"孙世楼坐在双杠上把手机翻出了花，"上次你见过的那几个朋友，说一起去KTV唱歌。"

"今晚不去了，"闻邱双手撑在他对面的单杠上，"下回找我有事打电话就行，别来我宿舍了。你打扰到宋宗言休息了，人家是学霸。"

"去你们寝室找你一趟他就有意见了？"孙世楼不满地哇哇乱叫。

"是啊，意见可大了。"闻邱用上夸张的口气，"所以你别害我连宿舍都没得住。"

"那住我家呗，楼上空着的八间房你随便挑，每天还有保姆做饭，心不心动？"

孙世楼不住校，他家在近郊的别墅区，他又不是好学生，迟到早退、无缘无故地旷课逃学都是家常便饭，所以从不可惜浪费掉的时间。

"不去，我住宿舍好得很。"闻邱拒绝。

"不去算了，但这话永远有效啊。"孙世楼语气一转，"哥对你好吧？比你那气性大的室友好多了。"

"你跟他比？"

"嗯哼。"孙世楼玩世不恭地笑。

闻邱不想搭腔了，孙世楼又说："走吧，出去吃饭，吃粤菜，喝花旗参乌鸡汤。"

闻邱不喜欢吃粤菜，也不喜欢喝花旗参乌鸡汤，他稍稍落了孙世楼半步，没头没尾地说了句："他和我关系很好。"

"嗯？"孙世楼回过头，"你刚刚说什么很好？"

"花旗参乌鸡汤很好。"闻邱说。

宋宗言以前和他关系很好。

只是没想到，那么点矛盾，竟让宋宗言记仇了那么久。

闻邱是本地人，周末学校没事的话，一般会回家。初冬的天黑得不算早，过了六点也依然有一层光悬在地平线上。

从宿舍走到公交站要十分钟，他一个人，孙世楼今天说是要去看市里举办的什么比赛，本来他要拉闻邱一起，但闻邱得回家。

闻邱走到校门口，有车按了下喇叭，闻邱是沿着人行道走的，没挡到谁。他偏过半个身体，看见了一辆白色奥迪停在他旁边，车窗降下来，中年女人温和秀丽的脸露出来。

"辛阿姨。"闻邱立即笑了笑，向对方打招呼，眼睛不自觉地往车里飘。

"小闻，回家吗？要不要带你一段？"辛红客气地问道。

"他……"后座有人开口。

闻邱立即赶在对方说出什么前答应下来："那麻烦阿姨了，谢谢。"

后座的人果真哑然了。

辛红道："坐后面吧，阿言在，还有零食。"

闻邱打开后座的车门，宋宗言的脸一半掩在阴影里，却也能看出他的不快。

车内异常安静。辛红前阵子去首都参加一个协会培训，好久没来接儿子，现下见两人闷声不说话，按捺不住好奇："怎么不说话？有水果和零食，小闻自己吃啊。"

"嗯，谢谢辛阿姨。"闻邱拿了一个橙子。

辛红从后视镜看见了他的动作，提醒道："好像没有刀。"

"没事，能剥开。"闻邱把橙子在手上滚了几圈，滚得皮软了些，徒手就拆开了橙子。但他自己没吃，而是递给了旁边的人。

宋宗言没接伸到他眼皮下的那个橙子："我不吃。"

闻邱慢吞吞地"哦"了一声，收回手，自己吃了起来。他吃东西很慢，储文馨说这是一种游刃有余的腔调。

储文馨特别喜欢吹捧他，毫无缘由，但也绝不是女生对男生的那种爱慕或喜欢。宋宗言以前还以为储文馨是在追他，闻邱听到后嘴里的饭都差点咳了出来，说你真是……

你真是什么？闻邱却不说了。

一个橙子吃了半天，嘴里酸涩又甘甜。闻邱不方便，便求助宋宗言："帮我拿张纸。"

他一手的汁水，果香味充盈车内。宋宗言抽了张纸给他，闻邱接过，黏腻的、湿嗒嗒的橙子汁水滴到了宋宗言干净修长的手上。

闻邱嘴上挂着笑："不好意思啊，把你的手弄脏了。"

"没事。"宋宗言擦干净手上的水。

辛红并未察觉后座奇怪诡谲的气氛，仍在发出邀请："小闻今晚要不要去我家吃饭，吃完让宗言送你回去。"

宋宗言在低头看手机，似乎不愿搭理这个话题，是沉默的抗拒姿态。闻邱用眼角余光瞥到了，说："不用了阿姨，我家里人都做好饭等着我了。"

辛红笑着说那就算了，然后又念起宋宗言今天的寡言和不礼貌。闻邱便道："是我惹他生气了。"

辛红饶有兴趣地问："这怎么说？"

闻邱答："我晚上太闹，吵到他睡觉了。"

"他睡觉浅，有时候就是这样。"辛红说，"但你们男孩子不用计较这些。是不是，宗言？"

宋宗言老大不愿意地"嗯"了一声。

市中心的商圈被车流围堵得水泄不通，未免给人再添麻烦，闻邱让辛红在高架出口把自己放下来。他住在城中心老旧的机关小区，附近路窄，交通拥堵，车子难进亦难出。

　　辛红叮嘱了他好几句路上小心，然后驱车离开。闻邱站在原地看着车凝成一个白点。

　　闻邱走后，车内忽而寂静下来，儿子不爱说话辛红是知道的，于是她便与他说起自己这次外出培训的见闻。宋宗言偶尔应一两句，并不热忱。鼻间还残存着滞留在车内的一丝果香，酸涩却甘甜，好半天没消散。

　　机关小区虽然有些年头了，但设施和环境尚可。不过闻邱住的是里面一幢特殊且格格不入的二层灰楼。从外表看就知年久失修，拆迁是早晚的事。小楼门口挂着个锁，锁孔生涩难用，闻邱转了五六分钟才打开。一楼的门紧闭着，闻邱径直上了二楼。木质楼梯回潮得厉害，踩上去"吱吱呀呀"地响。

　　"又不开灯。"闻邱推门，一见屋里的景象立刻按住墙上的开关，顿时屋子大亮。

　　坐在桌前背影佝偻一动不动的老太太登时急了："哎哟！开得这么亮，我这老花眼受得住吗？"

　　"那也不能凑合着用一盏小台灯啊。"闻邱放下书包。

　　老太太放下手里的布料站起来，转向他招呼了一声："回来了啊，饭菜都在厨房温着！"

"我不饿,等会儿再吃。"闻邱说。可老太太压根没听见,自顾自往厨房走。

"奶奶。"他大声喊。

"哎!"这回好似听见了。

闻邱想对她比两个手势,可想想又放弃了,由着奶奶把饭菜端出来。简单的两菜一汤,卖相并不好,看起来黑乎乎的。不过闻邱吃了十几年,早就习惯了。

"今天回来得比平时早啊!"老太太在一旁坐下来,又拿起桌上做到一半的布料继续。

"嗯,蹭了同学的车。"

"在学校的一个星期肯定没吃好,瘦了。"

"食堂比您做得好吃。"

"没人欺负你吧?"

"我这么受欢迎,谁会欺负我啊……"闻邱戳着饭粒,语气异常轻快,"不过也还真有一个,您见过的,欺负得我快难过死了。"

两人一个做着粗糙的手工,一个低头慢慢地吃饭,驴唇不对马嘴地聊了半天。

老太太展开那截快要完工的布料:"你帮我看看这个花绣的位置是不是不好。"

"太丑了。"闻邱敷衍地看了一眼。

老太太瞬间抬头拿那双浑浊的眼睛瞪他:"哪里丑了?"

"……您到底真聋假聋啊？"闻邱怕了她。

这间屋子只住着这一老一小。进门正对的墙上挂着三张黑白遗照，第一次进这间房子的人几乎都会被吓一跳，但主人坚持如此挂着。

老太太上了年纪听力不好，不凑近了大声喊基本听不见，当然，偶尔也有例外——例如你讲她坏话的时候。好的不灵坏的灵。

闻邱吃完饭收拾桌子，老太太还在研究那块布料，闻邱说："奶奶，要出去散步吗？"

老太太听不见，凑到灯下眯着眼穿针。闻邱看不过去，帮了她一把，瞬间就穿上了。

"还是年轻人眼睛好。"老太太感叹。

"出去散步吗？"闻邱做了几个手势。

"去。"老太太看清了，"把我围巾手套拿过来。"

老太太人挺讲究，出个门也要好好打扮一番。她以前在高等学府干行政工作，退休后其实能过上不错的生活，但老伴早就走了，两个儿子也早逝，只留下闻邱这一个孩子——还不是亲生的。她性情固执，不爱住高楼，非要在这幢上了年纪的破旧小楼里待着。

外头风大，闻邱怕她受不住，因此两人只绕着小区外的生态公园转了一圈便回来了。结果先扛不住的是闻邱，他进了屋就咳。

老太太说:"上周回来你就有点咳嗽了吧?"

闻邱打手势,说"是啊"。

老太太念叨他:"仗着年轻,天天穿得这么少。"

闻邱咳了两声也没在意,进屋干自己的事去了。好不容易放假,他也无心学习看书,他用的手机是几年前的款式,只能玩一些简单的游戏。孙世楼发来信息,说今晚的游泳比赛真过瘾啊,好多身材火辣的美女。闻邱嗤笑,没回。

短信界面杂乱,他没有删信息的习惯,宋宗言的名字要往下翻几页才能看见。聊天记录长到看一夜也看不完。面对面时宋宗言话少,发短信时有过之而无不及。他的回复总是简短,可几乎每条必回,从未让闻邱自说自话过。

闻邱向后跌到床上,手机反扣在心口。

快睡着时有人推门进来,训斥道:"都咳嗽了还这样睡,盖个被子啊。"

闻邱被吵醒。

"自己吃一份,"老太太递了个盘子给他,"再给小云送一份。"

盘子里放着几瓣煮熟的盐津橙子,止咳的土方法。

闻邱今天白天吃了橙子,晚上又吃一份,不过盐津橙子的味道与新鲜果橙没法比,他皱着眉慢吞吞往嘴里塞,摸出手机发了条信息:咸的橙子不好吃。

宋宗言正在家里耐心地陪妹妹搭乐高,手机忽地一响,他看见这条没头没尾的信息皱了皱眉,妹妹拍他的手,焦急道："哥哥，哥哥，别玩手机，塔倒了。"

宋宗言收起手机，没回复，而是重新搭起塔来。

短消息石沉大海，手机再没响过。宋宗言大约不会回他的信息，这在闻邱意料之中。

闻邱也不纠结，把手机丢到枕头上，端着盘子里剩下的一半盐津橙子去了楼下。他敲了两下门就耐心候着，过了两三分钟才有人来开门。映入眼帘的房间小得乏善可陈，几乎毫无障碍就能看清房子的全部格局。

邱云清操纵着轮椅往后退了点："回来了？"

"嗯，云姐。"闻邱笑着关上门，一手拿盘子一手去推轮椅，"奶奶说在换季，让我给你送点吃的。"

邱云清一眼就看出他端的是什么："替我谢谢她。"

"你快吃吧，要凉了。"闻邱熟稔地环视一圈，视线定在电脑前，"这么晚了还在忙？"

"整理一下，检查一遍错字病句。"邱云清答。

"我帮你吧。"他说着就坐了下来，对着密密麻麻的文档校对起来。

"好不容易放假还是休息会儿吧。"邱云清连忙阻止，"我开电视给你看。"

"不看。"闻邱挥手，"现在的电视有什么好看的。"

"那打会儿游戏？"邱文清问。

"你不想我干点好事吗？"闻邱装出无奈的口气，"我帮你检查一遍，还能多认识几个单词。"

"德语。"邱云清戳穿他，"你记这个有什么用？"

闻邱坐在电脑前不让位了，邱云清的轮椅笨重又不方便，还真抢不过他，只好任由他帮自己校对文档。

闻邱一边校对一边与人说话，他兴致高昂，尾音扬起，每每总能逗笑人。现在流行的电视剧、广受小女生喜欢的明星、新开的网球赛……什么都能说两句。

邱云清语带笑意地回应他。她是闻邱爸爸的女友，也算是闻邱的半个母亲，当年两人因为种种原因没有结婚，现在她已步入中年，或因常年不外出接触人，各类喜好似乎一直停留在了二十多岁时。

"现在的这些明星我都不认识了，"邱云清说，"你呢？最近学习还顺利吧？"

"当然啊。"闻邱咳了两声。

"你也咳嗽了？"

"是啊。不然老太太干吗做这个，又麻烦又难吃。"

"别叫她听见。"

"聋成那样了哪能听见啊。"闻邱一点儿也不尊老爱幼，"不过也挺灵的，一说坏话她耳朵好像就灵光了一点。"

邱云清笑了笑，她瘦到皮包骨头，年纪一大皮肤也有些松弛，笑起来时眼角的纹路堆成了褶皱，语气却如小女生般缱绻怀念："你爸爸也是，以前一出完任务就睡，谁都喊不醒，但你一说他坏话，他立马就能坐起来吓你一跳。"

屋外似乎下起了雨，淅淅沥沥的雨滴敲在玻璃上，墙壁也渗出湿气。冬至前后，雨水如影随形，从不间断。

闻邱说："遗传嘛！"

盛着盐津橙子的盘子已经空了。老太太一辈子也不太会做饭，这么一道止咳方子自然味道欠佳。从前那人还在时就最不爱吃这东西。一生病咳嗽他就胡乱吞几粒药蒙头大睡，老太太每每都要把他从被子里挖出来，扯着嗓子骂他："那药吃多了能好吗？"然后硬逼着儿子把这热腾腾的盐津橙子吃完。

邱云清微微叹了口气，自己转动轮椅进厨房把盘子洗了。闻邱没去帮忙，他坐在电脑前校对翻译好的文字。厨房水声"哗哗"地响了好久，电脑右下角的时间从 20:30 跳到了 20:45，轮椅辘辘的转动声才从厨房里传出来。

闻邱敲了几下键盘，把文档保存好，轻快道："做完了。"

"谢谢。"邱云清把盘子放到桌上，"麻烦小帅哥了。"

"大帅哥大帅哥，别给我降颜值啊。"闻邱不正经地笑着，"你要睡了吗？我推你去卧室。"

邱云清被小辈逗弄得没了面子，把盘子一塞："没大没小。赶紧上去。"

闻邱"哈哈"笑了两声，走到门口时，邱云清突然想起一事："对了，你奶奶最近总说胸闷、心脏难受，我预约了下个月的检查。"

"哦好，我到时候回来陪她去。"闻邱挥了挥手。

周日闻邱要返校，老太太在家听广播，声音放得震天响。闻邱跟她打招呼道别，她闭着眼压根没听见。闻邱无奈，只好自己背上书包溜下了楼。

今天雨下得又大了点，邱云清在一楼院子的雨棚下照看她养的那些花花草草，见他要走，便提醒："上楼换双鞋再走，等会儿出去小心进水。"

闻邱"嗯"了几声，却没听话，撑开伞就冲进了雨里。

前脚刚进学校，电话就响了，丁晖发出指令："到校了吧？去办公室帮我批个作业，再把分数录了。"

刚刚放下行李的闻邱："您真是料事如神。"

丁晖："呵呵。"

闻邱："但我要自习，要背书，要写作业。"

丁晖拆穿他："你真有这么用功我做梦都得笑醒了。"

闻邱爬上办公楼三楼，在隔壁老师那儿拿了钥匙。办公室里空空荡荡，丁晖桌上摆放着整齐的一沓练习簿。闻邱不是第一次帮他批改作业，因此熟门熟路地坐下来开始"工作"。

他先从一堆练习簿里挑出一个熟悉的名字，然后欣赏了一番对方颇有风骨的字迹。

原来这题还能这么解。

闻邱支着下巴津津有味地在试卷上勾勾画画，"啪嗒"一声，门开了。

闻邱跑去倒了杯水喝，茶水柜临着窗户，雨滴在玻璃上划出长长的水渍，看不清楼下的面貌。

"你也来了。"闻邱回身看见宋宗言站在门口，尚在滴水的雨伞被他整整齐齐地收起来放在窗台上。

"嗯。"宋宗言看到他脚步好像顿了一顿，接着径直走过来，"是这些吗？"

他指着桌上的作业。

闻邱点头："果然丁哥也叫你了，怎么这么晚啊？"

宋宗言不过比他晚几分钟，可以往干这件事时对方总是提早到的那一个。宋宗言没解释，他妹妹昨晚发了高烧，今天中午在家里撒着娇不让他走，所以到校时间比平时晚了一点。

宋宗言拿走了一半练习簿，坐下来，用公事公办的态度和口吻说："你改多少……"

话音断了。改过的练习簿只有一本，正大大方方摆在桌上。

闻邱并不尴尬，走过来在他旁边坐下，指着他亲手写下的评分："写得真不错。"

宋宗言抿着唇。

闻邱又说："没有偏袒你啊。"

宋宗言默然，并不回应，拿了一支笔低头认真改作业去了。宋宗言做事规矩，一笔一画都像是克度量好的尺度，看着尤为赏心悦目。

闻邱就相反，他改作业很随意，看一眼就随手一画，有好几次差点将脆弱的纸张划出一道裂缝来。

"喂，你知道丁哥今天有什么事吗，怎么不来？"闻邱晃了晃手腕，打破沉寂。

宋宗言在认真批改，过了会儿才回答："不知道。"

"那他什么时候会来？"

"明天。"

宋宗言正在改一份笔迹快要一飞冲天的作业，常规题都错了一堆，可见这人压根没认真写。他微微抬头，作业的主人此时正一手批改一手回信息，不知道是在跟谁聊天，嘴角一直扬着丝若有似无的笑。

宋宗言觉得眼睛像被什么虫子蜇了一下，不再去看他，往作业本上画了个叉。

天色渐暗，宋宗言把灯打开后，才坐下来就被人从桌下踢了一脚，对方没把握好力道，正巧踢到他小腿腿骨上，顿时酸麻起来。

闻邱："不好意思，踢重了。"

宋宗言："……"

"去不去吃饭？"闻邱这回放轻了力道又踢了对方一下，"五点半了。"

"跟人约了。"宋宗言一边改作业一边头也不抬地拒绝。

"谁啊？"闻邱好奇。

宋宗言还没说话，恰好敲门声响起，紧接着门就被推开，一张女生漂亮的脸映进来。

闻邱笑道："夏才女今天有空来学校啊？"

夏云娇冲他打了个招呼："这两周都在学校，免得期末学分不达标。所以趁有空赶紧回来，让宋学霸辅导一下我。"

她是艺术生，学的也是编导专业，这阵子在校外实习，拍摄自己的微电影，已经有将近两个月没见她来过学校了。

"你成绩挺好。"宋宗言说，站起来穿上外套。

"专业三十名开外还叫好。"夏云娇故作惊呼，"你别安慰我了！"

一旁专业排名一百开外的闻邱仿佛膝盖中了一箭。

然而别看她话里全是自侃，实则本人心高气傲。不过她也有傲气的资本——学校著名才女，长得漂亮不说，一进校就接手了校报和校内杂志，在社团组舞台剧，十足的风云人物。

宋宗言笑了下："走吧，去吃饭。"

"闻邱不一起吗？"两人走了几步，夏云娇有些讶异地回头，"去吃校门口西街那家焖锅。"

"不了，下雨天谁想出门啊。"闻邱看着宋宗言，"帮我带一份回来吧。"

"还是这么懒。"夏云娇对着宋宗言说，开玩笑道，"等会儿你就给他带份蛋炒饭。"

那是闻邱最讨厌吃的东西，不过他笑了笑，语调上扬：

"可以啊。"

宋宗言不置可否。

还剩三分之一的作业没改完，等两人走了，闻邱便把笔一丢，玩起手机游戏。至于没改完的作业都丢给宋宗言吧——谁让他临阵脱逃跟女孩子约会去了，还准备带蛋炒饭给自己。

宋宗言是一个人回来的，闻邱往他身后看了看："夏才女呢？"

"回宿舍了。"宋宗言把带回来的晚饭放到了他的桌上。

"我还以为你不会带，"闻邱一只手撑着脸，晃了晃手机，"准备叫别人送一份过来。"

宋宗言坐下来，过了片刻才说："谁送？"

闻邱却已经在揭袋子，无暇顾及他问了什么，看清晚饭后眼睛微微睁圆："比萨啊。"

那语气，好像还挺失望不是蛋炒饭。

"宋宗言，你也太老好人，"闻邱拆开手套，与阴阳怪气的语调不同，他面上眉开眼笑，"要是我，我肯定就真的带蛋炒饭了。"

宋宗言装作没听见。

闻邱吃饭也不耽误说话："不过我更想吃海鲜烩面。"

以前两人关系好的时候，经常一起去西街吃海鲜烩面。

宋宗言没理会他，低头改卷子。他其实去过那家海鲜烩面店，只是人太多了要排好久队，于是转而买了份比萨。

闻邱吃比萨吃得津津有味。他很挑食，十样里他有八样不爱吃，尤为不能接受猪肉，罕见地挑剔。闻邱从不肯吃学校食堂的早餐，刚开始学业并不繁忙，宋宗言也没搬家，还住在家里，便每天早上顺路为闻邱带一份商业圈附近的云吞面和杏仁糊。

"说起来好久没吃那家云吞面了，"闻邱开口，"周日我们去吃吧。"

"没空。"宋宗言头也没抬。

"你这人真是越发没有礼貌了。"闻邱道，"不是你自己说的，跟人讲话时看着对方的眼睛才叫礼貌？"

宋宗言没回答。

"吃吗？"闻邱又拿着一块比萨递给他，在对方张嘴前极快地说，"你吃一口就代表我们还是朋友，好不好？"

宋宗言本来没动，听到这话却撇过脸去。

这也在意料之中，闻邱装出受伤的神色："我有这么讨厌吗？"

对方依然没理他。

闻邱说："好吧。我不自讨没趣了。"他又继续去啃比萨。

宋宗言速度很快，已经改完了自己手上的作业，去拿闻邱面前那沓。手伸到对方那张桌子上后，却没立即动作。

"我们一直是朋友，"他突然开口，"我也没讨厌过你。"

闻邱一怔，正要去咬比萨的嘴巴慢慢闭合，一时没了吃东西的心情，半天才干巴巴地回了句："我知道。"

"一直都可以当朋友，"宋宗言直视他，"只要你能不再跟孙世楼来往……"

"不能。"闻邱却强硬地打断了他的话，"你能从此不跟夏云娇来往了吗？"

于是怔忪的人变成了宋宗言，但只那一两秒，他又恢复了平常神色，抿着唇不再说话。

闻邱把吃到一半的比萨甩进盒子里，暗暗吐了几次气，慢慢恢复以往的神色，把一块比萨戳得稀烂，抱怨了一句："怎么今天的比萨这么难吃。"

他悄然闭上眼睛，在别人的生日宴里偷了一块蛋糕和一个许愿。

第二章

冬至
Winter solstice

Dong ✉ Zhi

冬至 Winter Solstice

第二章

夏云娇接下来半个多月都在学校，所以这一周来找宋宗言的时候多了许多，每次饭点都能看到他们结伴去食堂的身影。班里同学不禁调侃，调侃之外又艳羡。两人堪比金童玉女，郎才女貌般配得很。

闻邱打了个呵欠，重新趴回臂弯间睡觉，懒得再看。

周日恰逢冬至，雨丝连绵。这天气并不适合外出，可闻邱得跟着两个腿脚不便的人去墓园扫墓。过去的警局同事得知情况，纷纷热情地表示要开车接送，邱云清婉拒了他们的好意，三人打了辆车去。

墓碑上的男人正值壮年，一身警服英姿飒爽，两眼直视镜头，清亮如鹰隼。

邱云清推着轮椅把从墓园外买的花束放下，然后伸手摸了摸墓碑，扫干净上头的尘土和落叶，眼神温柔，似隽

永怀念。多年过去，邱云清再到墓前已经没什么要说的了，都一一埋在了心里。

闻邱推着轮椅跟邱云清站到一旁，老太太倒是有话说，她听力有损，声音便有些大："小云很好，我也很好，都很好。闻邱在准备考研，下次来见你估计就是考上了的时候。不知道能考成什么样，你在下面保佑着点！别说什么不重要，好好上学找个好工作很重要，你上点心……"

闻邱差点笑出来，让一个躺在下面的人上点心，这都哪儿跟哪儿啊。

邱云清也忍不住弯了弯嘴角，本来挺难过的气氛忽然轻松起来。也是，人都去世了这么多年，活下来的人得开心地过。

天寒地冻，冷风凛冽似尖刀刮着皮肤，闻邱怕另外两人受不住，在墓前待了半小时就催促着要回去。三人结伴往墓园出口走，下楼梯时工作人员来帮忙抬轮椅，语气恭敬，态度和善。

埋在这地方的都是烈士，烈士家属们不得不用心对待。

"奶奶，你不舒服吗？"三人才出墓园，闻邱发现老太太精神似乎不太好。

老太太捂着胸口，没听清他问什么，但能猜到，回道："胸口又感觉出不了气了。"

"给您约了医生。"邱云清做手语。

"哎，是得去看看了，怕也没用。"老太太叹息。她生性坚强，嗓音直到如今也中气十足，这般认命的口气着实少见。

闻邱不自觉去拉她的手，老人家的手干燥温暖，皮肤松弛得像枯皱的树皮。她怕去医院，一是年纪大了，总怕查出大问题；二是她在医院里送走太多人了——丈夫、小儿子、大儿子、一群老朋友……数不胜数。

雨丝混合着寒风吹到脸上，她银色的发丝在空中飞舞，浑浊的眼睛与堆满老年斑的脸仿佛沾上了行将就木的陈腐气息。

从墓园回到家时已经是下午两点多了，闻邱匆匆吃了推迟的午饭就得赶往学校，路上却收到夏云娇的消息，她邀请他去参加生日聚会。闻邱手指一顿——*我没准备礼物，光去蹭饭不太好吧。*

他跟夏云娇算不上朋友。夏云娇对宋宗言有意人尽皆知，校园知名才女追起人来并不落下风，在旁人眼里她与宋宗言仿佛天生一对，许多人都默认宋宗言和她情投意合。

闻邱与宋宗言以前关系好时仿若连体婴儿，吃喝玩乐总在一起。因此夏云娇要追人，必然会呈现三人行的画面。

像电灯泡一样的闻邱，怎么会被夏才女当作朋友，这次邀请该不会是有什么猫腻吧？

夏云娇：没事啦，今年提前过了，因为要坐凌晨的飞机去首都参加活动。礼物下次补给我好了。

闻邱收起手机，让出租车司机掉头换了个方向行驶。

夏云娇订的是家高级酒店，闻邱被服务员引到包厢时发现大部分人已经到了。

孙世楼也在，正和一群人玩桌游，他招呼闻邱："来来来，一起玩儿。你是个中好手，帮哥赢两局。"

简单的桌游闻邱都会玩儿，他在游戏间隙瞟了旁边一眼，今日的主角夏云娇没参与游戏，正跟人说话。宋宗言显然不会说什么笑话，但她倚在旁边笑得人比花娇。

宋宗言递了个精致的包装盒给她，夏云娇当场拆开，是条项链。她立刻让人帮忙戴上，双手缕起长发，光洁修长的天鹅颈泛出莹莹润光。

"喂喂，别出神啊！"孙世楼急躁地捣他，"输了输了！"

闻邱眼神回到桌前，在他走神期间，输赢定下，立刻有人哄闹着要罚他。

"晚上不去图书馆了？"宋宗言听见不远处的起哄，扫了一眼。

闻邱玩得起输得起，一杯酒毫不犹豫地就喝了，一堆人鼓掌叫好。

夏云娇轻抚着项链："这群人有几个爱学习爱到天天泡图书馆的。"

一群人玩了半小时桌游，夏云娇就来阻止他们继续玩下去，说要开席了，吃完饭多的是时间玩耍。

闻邱看了她一眼，她修长的脖子上已经挂了条精致的

041

项链。

吃完饭又是游戏时间,闻邱被灌了不少酒,不想再玩了,只好说:"我要去休息一下。"

闻邱脚步虚浮面色红润地走去里面的房间,有一截路是玻璃地板,底下游着几条鱼,他走上去战战兢兢的。宋宗言坐在里面跟几个没玩游戏的人说话,在谈出国留学的事。

闻邱坐到他旁边,抱怨道:"好难受。"

宋宗言早就注意到他来了,他站起来,把整个长沙发让出来:"你躺着吧。"

闻邱好半天没动,过了一会儿才闭上眼,说:"哦。"

几秒后又笑着补了句:"谢谢。"

他看起来确实不舒服,宋宗言多看了他两眼,想说些什么。夏云娇却招呼他也加入战局,一起玩游戏。

一群人心知夏云娇喜欢宋宗言,自然跟着起哄,非要把这尊大神拉去,宋宗言双拳难敌四手。

这回的游戏自然不太"单纯"了,各种暧昧手段齐上场,几个爱来事儿的恨不得把宋宗言往夏云娇身上推。

远处爆发出一阵吵闹的声音,宋宗言与夏云娇抽中了这一轮的惩罚,似乎是要他们对视十秒,闻邱没看过去,只轻轻闭上了眼睛。

服务员推蛋糕进来时,闻邱被人喊醒,包厢顶上的灯被关掉，只留一层昏暗的蓝色光线和蛋糕上的烛光。所有人围在一起，有人荒腔走板地起头唱起了生日快乐歌，夏云娇笑着说谢谢，大家哄闹着要她许愿。

夏云娇闭上了眼睛。

闻邱望向夏云娇身旁的人，对方也若有所感地抬起头来，今晚第一次没有回避他的视线。闻邱忍不住笑了笑，忽然缓缓把眼睛闭上了。

包厢里很安静，所有人都在静静等待寿星许完愿。

而在无人的角落里，另一人也在许愿。

蜡烛熄灭，夏云娇睁开眼，所有人围到寿星身边，问她："许了什么愿啊？"

闻邱也睁开了眼睛，环顾周围，没有一双眼睛在注视自己。

"说出来就不灵了。"夏云娇笑着切蛋糕，环顾了一圈，"第一块谁要？"

"哈哈哈，这个我们不敢吃，给某人吧。"有人指着她切下来的那个"娇"字。某人是谁不言而喻，一时间所有目光都聚集到了宋宗言身上。

在数道目光下，宋宗言不可能让女孩子下不来台，于是低头望着她，然后伸手接了过去。接完蛋糕后，不知为何，他又一抬头，眼神不自觉追去某个角落，闻邱却已经不在了。

夏云娇被众星捧月般围簇在中心，闹了许久才分完了每个人的蛋糕，却没几个人吃，而是四处抹到人脸上。

宋宗言一个人站在角落里，身上干干净净，他人缘不错，但看起来不像爱玩的人，那群纨绔子弟也就没去闹他。

他正在低头喝水，身后却忽然伸出一只手，紧接着脸上就被抹上了一道凉滑的蛋糕印子。

闻邱不知从哪里冒了出来，偷袭完宋宗言又拽了张湿巾递给他，宋宗言不悦地自己擦了半天脸。

闻邱跟他站在角落，时不时补一句："没擦干净，下巴那里还有。"

宋宗言下意识就去擦下巴，闻邱见人上当了，立即笑出声来。

方才吹蜡烛时关上的吊灯没再开，此时角落只余一层幽暗的蓝光，人站在光下，看不清面貌，只有闻邱鼻梁和眼角的那两颗痣忽忽地清晰起来。

"在这儿躲着干吗？说什么悄悄话呢？"孙世楼突然走过来，还顺手把一抹奶油抹到了闻邱身上。

闻邱气得不行，把衣服上的奶油全回敬给他，两人打了几场，等闻邱把孙世楼打发走，宋宗言已经不在原地了。

闻邱回到宿舍时，宿舍竟亮着灯，他反应了几秒才听见卫生间有水声。

宋宗言已经回来了，比他还早，夏云娇今天要赶凌晨的飞机去首都，方才生日聚会散场后她就直接去了机场，宋宗言被众人撺掇着一起上了车，美其名曰"送一送夏才女"。

宋宗言冲完澡出来就闻见了酒气，擦头发的手一顿，先把窗户开了一点。闻邱正趴在桌上玩手机，幼稚的贪吃蛇游戏，喝多后他的反应速度不比平时，但因为太熟练，所以依然玩得很流畅。

闻邱听见他从卫生间出来了，还是维持着趴着的姿势，说了一句："冷，别开窗。"

宋宗言看他脱了外套，只穿件针织衫，过了一会儿才说："你先去洗澡。"

闻邱不情不愿，打完了一局游戏实在冷得发抖，见宋宗言真的不愿关窗，又知自己身上现在的味道真的冲，才找衣服进了浴室。

闻邱洗完澡出来时正巧手机响了下，他一边擦头发一边用湿淋淋的手指点开手机，是邱云清发来的信息：小帅哥，生日快乐。

闻邱眉开眼笑，回复：谢谢云姐。

邱云清：礼物还喜欢吗？一直没给我回音。

闻邱：什么礼物？

邱云清：你真的是去上学了吧？七八个小时过去都没打开过书包？

闻邱立刻丢开毛巾去翻书包，他动静大，以至于一旁同样在回信息的宋宗言都抬头看了他一眼。

书包里不知何时被塞了一个书本大小的精装盒子，包装得很简单，但一看就知道是礼物。拆开后是一本书——封面奇诡，扉页有一段签名。

这本书是闻邱喜欢的一个惊悚小说作家写的，此人深居简出，没有签售会。能得到一本亲笔签名的书，邱云清一定是托了关系。

闻邱还未看过这本新书，此时颇有兴趣，回了条道谢的信息就翻起了书。他喜欢看惊悚小说，也热爱恐怖片，尤爱一边吃饭一边看。饶是宋宗言这么个"子不语，怪力乱神"的人也理解不了他这重口味的喜好。

"你适合做法医。"宋宗言曾戏言。

闻邱一条腿曲起，脚踩在椅子上，圆润洁白的脚趾随着心情偶尔动一动。他看书时有个小习惯，没有用来翻页的那只手喜欢时不时地摩挲光滑的指甲。

可他其实没看进去。每个字都吸引他的视线，可眼神又逐渐涣散，思绪全飞去了四面八方。

明明今天也是他的生日，竟没一个朋友记得。

冬至是他的生日。他被放在孤儿院门口时，襁褓之中夹杂着一张字迹杂乱稚嫩的纸条，说他是冬至出生的，没有起名。

可孤儿院为了方便，把捡到他的那天定为生日，后来还是一个清洁工好心，告诉他其实他是冬至生的。冬至要扫墓，其实不算个好日子。可生日啊，当然要过正确的那个。

知道他是冬至出生的人屈指可数，除了现在的家人，只有宋宗言。刚认识那年冬至，他下了晚自习回宿舍后，又突然闹着要去吃夜宵。

宋宗言看起来不好接近，实则脾气不错，套上外套就跟着他下了楼。他们找了家面馆，闻邱点了份清汤寡水的面，宋宗言说："今天是冬至，怎么不吃饺子？"

闻邱挑着面条塞进嘴里，清汤面只有一点盐味，难吃得要命。他咽下去后，才漫不经心地说："因为今天我生日啊，就当长寿面吃了，不过味道也太差了，还不如我爸做的。"

老板当时就站在他背后，一听这话立马要生气，可后来又进后厨夹了个荷包蛋送他。

闻邱却不给面子："我不喜欢吃鸡蛋啊老板。"

宋宗言一愣，说："今天你生日？"

闻邱捣着荷包蛋，皱着眉勉强吃了："是啊。"

"我没准备礼物。"宋宗言压根不知道他今天生日，之前看过他填个人信息，也根本不是填的今天。

闻邱说："那你现在准备也不迟。"

他们吃完夜宵，宋宗言拉着闻邱去逛商场挑礼物，商场临近关门时间了，闻邱挑来挑去什么都没看上。

最后宋宗言把钱包里的一个平安符送给了他，说是前几天他妈妈去藏区出差给他带的。

闻邱接了过来塞进口袋里，说："行啊，那就这个吧。"

一点儿也不见外。

然后在江边，宋宗言买了块小蛋糕，闻邱闭上了眼睛，没有蜡烛，但也许了个愿。

他看起来随心所欲，虚实难辨，仿佛对任何事物都不够上心。连丁晖都常说，闻邱缺一把火在后面烧着他，让他着急一下。

所以谁也看不出他原来是个非常在意仪式感的人——过生日要吃长寿面，要吃蛋糕，要许愿，还要有人对他说生日快乐。

在夏云娇的生日聚会上，所有人的目光都聚集在夏云娇身上。而他悄然闭上眼睛，在别人的生日宴里偷了一块蛋糕和一个许愿。

寝室里的灯已经关了，两人躺在床上，不约而同地把呼吸放得很轻，几不可闻。

其实礼物就在宋宗言的包里，一句生日快乐就在喉咙里，随时都可以送出去。但宋宗言最终只是闭上了眼睛，徒留闻邱在对面的床上睁着眼翻了个身，无声无息地失落。

第二天一早醒来床头没惊喜，床尾也没挂上袜子。不过闻邱擅长自我疗愈，一晚过去他也把失落抛却脑后，一边刷牙还一边撑着眼皮抱怨不想上课，天天睡不够。

宋宗言如今理会他的次数变少了许多，在一旁收拾书本准备出宿舍。

闻邱不想吃食堂的早饭，孙世楼早上来上早课的话会

帮忙带早饭，但今天他没来。不过他托别人带了粢饭团给闻邱，闻邱吃得舒心舒意。

然而顺心遂意的时候向来不多，晚自习闻邱来晚了一些，只能坐在一个离宋宗言很远的位置。

储文馨抱着一堆书坐到他后面："巧啊。"

"不巧。"闻邱说。

闻邱在混乱里走到宋宗言旁边，对他的同桌道："尹立群，我们换个位置自习吧？"

尹立群高度近视，眼镜片厚重得快要压垮鼻梁，他缓慢抬起头，拒绝了："我挺满意这个位置的。"

"但我不满意啊。"闻邱耍无赖。

尹立群没生气，而是看了看自己现在的同桌——宋宗言正收拾桌子。

"学霸也不能给你一个人独占啊，"尹立群无奈，"今天的机会就让给我吧。"

跟全系第一的学霸一起自习，这是每个上进的学生都想要的机会。

闻邱用不大真诚的委屈神色看了一眼宋宗言，正巧铃声响了，宋宗言没看他，却提醒了一句："晚自习了。"

回到位子上，储文馨给闻邱丢了块糖霜饼干："碰壁了吧，尹立群那人视学习如命，早就想跟宋宗言坐一起啦。"

闻邱靠着椅背把饼干丢进嘴里，含糊道："谁不想跟学霸当同桌呢。"

周末闻邱抽空陪奶奶去了医院做检查。来都来了，索性顺便做了个全身体检。闻邱楼上楼下跑了一上午，腿都快断了。

有几项检查结果还得等，闻邱带奶奶在医院食堂吃早饭。他挑食挑到了极致，平时看不见还好，一看见老太太就要跟他急："鸡蛋不吃，包子不吃，油炸的不吃，这有你能吃的吗？"

闻邱忍痛喝了口牛奶："我真不想吃，您别放我碗里了！"

"谁把你惯成这样的！"老太太耳朵不灵声音便大。

闻邱说："你啊。"

老太太道："都是你爸。成天说随你高兴，看看把你养的，鸡蛋这么好的东西也不肯吃一口。"

闻邱不说话了，左耳进右耳出，偶尔点头应和一下。

他小时候在孤儿院是没有条件挑食的，后来辗转几个寄养家庭出了不少乱子，没少被打骂或忽略，自然也吃不上好东西，哪有挑食的权利。直到在闻家稳定下来，才养成现在这般模样。

闻正阳是个无拘无束的男人，他没结婚，就算要结婚，邱云清的半身残疾也注定了他不会有自己的孩子。所以他没什么经验，教育起闻邱来毫无章法和规矩。

闻邱刚来时乖到有些不正常了，旁人一大声说话他就浑身发抖，从不敢撒娇或撒泼。这在小孩儿里是古怪的。

闻正阳就教他如何学会表达自己的想法和喜好。吃饭时，闻正阳把青菜往垃圾桶一丢，说你看我不爱吃这个，我就不吃。

老太太一看见他这么教小孩霎时怒了，从厨房气势汹汹地挥舞着饭勺走出来："闻正阳你胡说八道什么呢，给我把垃圾桶扒干净！"

两人一下子吵起来，老太太那会儿年轻些，耳朵也没现在这么不好使，可嗓门一直大。闻邱在一旁攥着筷子扑闪着眼睛看他们吵架，却没从前那么害怕了。

闻家的组成很奇特，一个独身老太太，一个中年未婚的刑警儿子，以及住在楼下的邱云清，她是闻正阳的同事，亦是女友。据悉两人到了谈婚论嫁的地步，邱云清却遭遇了意外，命保了下来，两条腿却废了。

闻正阳陪她走出阴影，坚持非她不娶，可邱云清不愿拖累对方，于是一桩姻缘拖了十来年始终没有结果。

这样的家庭不适合收养小孩，然而闻邱来了，还被养得娇气又挑剔。

老太太身体还是老样子，高血压高血糖都是老毛病。这回总觉得出不了气是平日里一个姿势坐太久了，上了年纪的人背又挺不直，总佝偻着，容易压到肺。

邱云清看了体检报告，叹气道："最近下雨太频繁了，天又冷，她很少能出去走走。我……我又没办法经常陪她，只有你周末回来或者我爸妈来时能带着她出去走走。"

所以冬天难熬。

闻邱也没办法，天气在那儿摆着。他上了楼把药拿出来放好，扬声高喊："红色的这个一天三次，一次一粒。瓶子装的这个一天两次……"

老太太在厨房煮饭，香气溢满整间屋子。她做饭卖相不好，味道却还行，闻邱早上在医院食堂只喝了牛奶，这会儿一闻这熟悉的味道就饿了。

老太太还在厨房不停地问："哪个一天两次啊？一次几粒啊？饭前吃饭后吃？"

交流实在困难，闻邱无法，只好拿了几张便笺纸，写好贴在药盒上。所幸老太太认字，就是眼神不好使，冬天天色又暗，老房子采光效果不好，字太小的话她得拿放大镜看。所以闻邱把字写得大而工整，以便她能看清。然后又写了些平时要注意的事项，高血糖的人畏热，夏天那会儿老太太洗完澡就敢立刻吹空调，进过两次医院，都是中风，差点熬不过来。

闻邱写试卷都没把字写得这么工整过，写完以后去吃饭。吃完看外面风不大，又陪老太太出门去公园转了会儿才回学校。

老师留的作业闻邱只写了一半，剩下一半不想写，就拿储文馨的来抄。抄完把作业还回去，手指点了几道题："这道、这道，还有这道，都错了。"

储文馨停不住嘴，把糖咬得嘎嘣响，不满道："有你这样的吗，抄人作业还挑错。"

"这么低级的错误我不挑出来难受。"

"那你把正确答案告诉我啊。"

闻邱把自己的作业又丢给了她，感叹："还是抄学霸的作业省时省力。"

储文馨指了指自己："你还是珍惜眼前人吧。"

她的那群朋友私下夜谈时，话题总围绕在学校里长得帅又出名的男孩身上。而这个年纪的女孩，对看起来酷酷的男生抱有更多的好感。比如九班的周锐昀，他们班的宋宗言，都是夜谈里经常上榜的男生。

可储文馨不觉得这些不爱搭理人的人酷，她认为闻邱才酷呢，才是真的玩世不恭、与众不同。

元旦假期即将来临，初雪也终于落下，早晨起来窗外已经白雪皑皑。学校在人迹罕至的新区，周围没有鳞次栉比的高楼大厦，因此全是白茫茫的一片。下午打开手机才知道这回的雪来得突然，市内交通全瘫痪，甚至有几处偷工减料的公共区域出现了人员伤亡。

闻邱坐在床上刷动态，嘴里哼着歌，一派轻松惬意地与刚进门的宋宗言说话："听说离我们不远的那个初中电缆线被雪压坏了，现在暖气都供应不上。太惨了吧。"

暖气烘着整间宿舍，他只穿了一件衬衫，又朝宋宗言伸手："我的东西带了没？"

宋宗言夜跑结束后去学校超市买功能饮料，闻邱猜算到他的时间，适时发信息让他带支雪糕。

害怕被宋宗言拒绝，闻邱在信息里花费一百多字表达了他想吃雪糕的强烈欲望，平时写作文恐怕都没这么真情流露过——倘若有，他的语文成绩也不会这么糟糕。

宋宗言没回话，只是把袋子放到桌上，闻邱自己去翻，抱怨了一句："你怎么买这么小的，三两口就吃完了。"不过抱怨归抱怨，他还是心满意足地撕开包装纸，"钱放你桌上了。"

宋宗言找了换洗衣服去冲澡，闻邱盘腿坐在椅子上咬着雪糕。他眯着眼睛借着路灯看窗外的雪景。雪已经积了很厚一层，不知是谁在空地上堆了两个雪人，同围着一条围巾，在寒风里互相依靠。

雪糕吃完整个人都凉了下来，尤其是口腔，闻邱舔了舔嘴唇，要去拿纸，电话忽然响了。

宋宗言在浴室关上花洒，只听门外一声巨响，有人弄翻了什么东西。

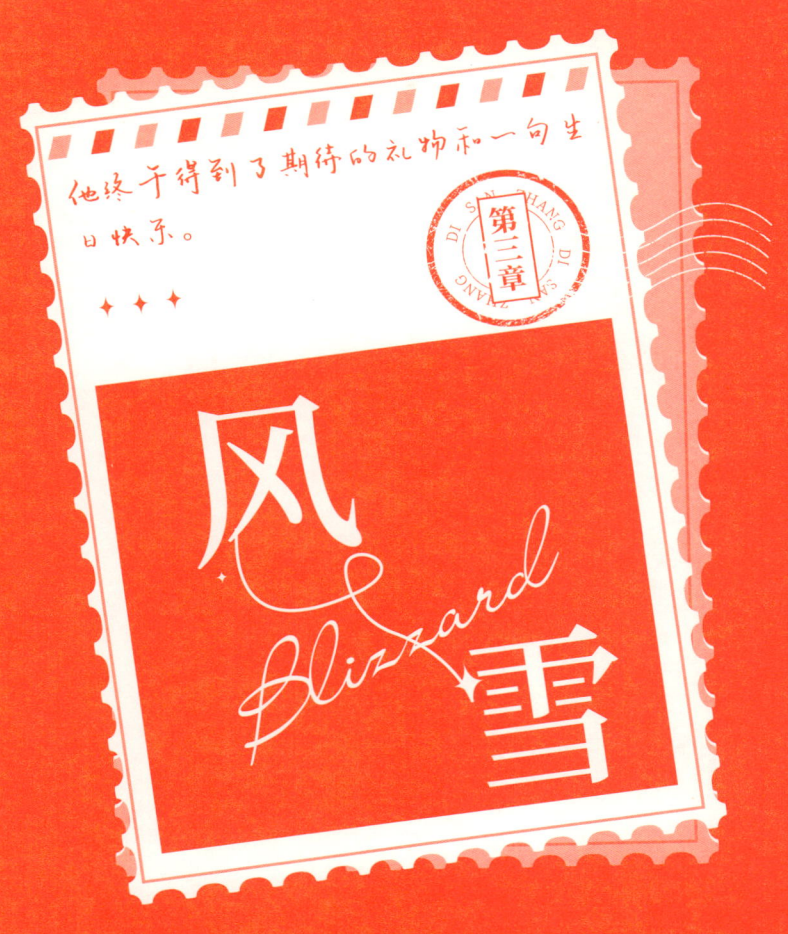

他终于得到了期待的礼物和一句生日快乐。

第三章

风雪
Blizzard

Feng Xue

风雪

Blizzard

第三章

　　宋宗言从浴室出来时，闻邱很镇定地在收拾东西，钥匙、钱包、充电器、外套、围巾……镇定得超乎寻常。

　　"伞。"宋宗言在他要开门前提醒。

　　闻邱回身找伞，找了半天，回宿舍时他把伞撑开放在阳台，这会儿却全然忘了。宋宗言顾不上擦头发，进阳台把伞拿给他，迟疑地问了句："要去哪儿？"

　　外面风雪沉沉，可能连车都打不到，闻邱不会愿意在这个天气出去找罪受。

　　"我奶奶摔了一跤，在医院。"闻邱接过伞，紧紧攥住伞柄，抬头冲宋宗言笑了下，不知是安慰自己还是安慰他，"应该没事。"

　　宋宗言一怔。

　　闻邱却已经开门走了，丢下一句："你不用留门，我晚

上不回来。"

　　风雪交加的夜里根本看不见出租车，闻邱只能等公交，风雪刮在脸上，他已经察觉不到冷。他紧紧攥着手，呼吸不断起伏，茫茫大雪里只有几盏路灯亮着。行人、车辆都不见踪影。他听见手机响了一声，心里蓦地涌起了不好的预感，他形容不好那种感觉，但他忽然不敢看手机上是谁发来的信息。

　　学校离市医院二十三公里，到后半夜闻邱才赶到。医院暖气充足，闻邱全身都凉透了，最后两公里堵车严重，他下了车一路跑来的，胸腔里灌满了风雪，喉管灼烧般地疼。

　　病房外，一对老人坐在椅子上，是邱云清的父母，看见他来立刻站起来，焦急道："闻邱来了，来了啊，快进去，进去看看你奶奶……"

　　他们最后一句没说完，似乎是觉得太残忍，女人抹着眼睛，长长地叹了口气。

　　闻邱甚至还能笑出来，说："奶奶没事吧？"

　　轮椅摩擦地面，在长廊上发出声响，邱云清从病房里出来，面色是掩饰不住的疲惫："闻邱，你快进去吧。霞姨，霞姨一直在等你。"

　　闻邱嘴角的笑僵住了。

　　霞姨就是闻家老太太，全名张云霞，年轻时在高等学府干行政工作，老公儿子都有出息，命却都不好，早早就离她而去。现在，轮到她自己去找他们了。

闻邱说不清这一晚的感受，他总觉得不真实。车站的茫茫大雪不真实，公交车玻璃上起的雾不真实，医院的灯光不真实，老太太最后紧紧握着他的手不真实……

好好的人，几天前还在骂他挑食的人，就这样不在了。

"她白天出了趟门买菜，晚上发现自己戴的佛珠不见了，要出去找，"邱云清无力地坐在轮椅上，她看上去比任何人都要憔悴，双手掩住脸，连连哽咽，"我让她等天气晴了再去。但那佛珠是正阳送她的，她很宝贝的，哪能丢呢。"

谁知道摔了一跤，再没醒过来。

老太太躺在白色的病床上，她来医院来得匆忙，衣服上沾了泥，头发也乱了。闻邱伸手替她把头发整理服帖，然后把侧脸埋在她垂在床边却再也不会动的手上。

手僵硬又冰冷，不是他印象里奶奶温暖又粗糙的手，厚厚的茧扎得他的脸有些疼。

接下来几天，闻邱展现了不符合年龄的冷静，安置遗体、挑选墓地、火化、处理杂物，他一手包办，即使邱云清在一旁也插不上手。

闻家有几门远房亲戚，但很少走动，从闻正阳去世后，老太太更不爱与他们往来。那些人一见面无非是要安慰她，同情她。那些话听多了，她就渐渐装作听不见，谁知后来假聋变真聋。聋了也好，很多话听不到才好。老太太的葬礼闻邱本不想找这些人来，但这些人还是闻讯而来。

葬礼才结束,他们就吵闹着老太太的遗产如何分配。机关大院里的那栋二层小灰楼,市中心花园小区的一套高级公寓,存折里还算丰厚的存款……人不在了,这些身外之物算计得倒是痛快。

邱云清听不下去,怒火中烧地说:"这些都是闻邱的,跟你们有什么关系?"

"你又是谁?"一人开口,"没名没分的人有什么资格管别人的家事?闻邱闻邱,以为姓闻就是闻家人了,一个捡来的小孩儿而已。别是你自己有什么想法,撺掇着这养子来骗财产。"

邱云清冷笑:"霞姨早就写好了遗嘱,房子也都是写的闻邱的名字,算谁的不是你们这些人说了算的!"

闻邱冷眼旁观,操办了几天的葬礼和一堆琐事的时候他没觉得累,可这一刻他突然特别累。

把人打发走,邱云清自己也精神不济,拉住闻邱,好半天才说:"有什么话可以跟我讲,奶奶,奶奶不在了,我永远是你的家人。"

闻邱回握住她的手,笑了下:"嗯,元旦过后我就去学校。"

他很平静,也知道自己要做什么,但邱云清明白等他缓过这阵子一定会崩溃一场。

"上去好好睡一觉,你好几天没休息了。"邱云清心疼地摸了摸他的脸。

闻邱上了二楼,这几天要处理的事太多了,他像一只提线木偶,按部就班地忙碌着。可脑子又很清醒,他知道自己在做什么——他在送别奶奶。

二楼的房子还是老样子,只是客厅多了张遗照。闻邱在沙发上坐着,几时睡着的他也没了印象。他没有做梦,难得地睡得很熟。但半夜好像听到了什么巨响,平地惊雷一般,他心悸着惊醒,可睁开眼发现什么声音也没有。

闻邱在冬天出了满身的汗,又躺了很久,久到身体发冷。他起身要回卧室,没走两步却踩到了什么,脚底一滑,差点摔倒。他拧亮了沙发旁边的落地灯,蹲下来在地板上来回寻找,然后摸到了一颗圆圆的珠子。

闻邱像被什么东西狠狠刺了下,背部打战,攥着佛珠忽然起身把客厅的灯打开,一瞬间灯火通明。他在地上到处找,推开沙发,挪走茶几,把客厅弄得乱七八糟,总算拾齐了所有佛珠。

佛珠的手链断开了,老太太没听见声音。地板是深色的,佛珠颜色亦深,混在一起老年人的眼睛根本没法发现。

闻邱蹲在地上,佛珠全都被他握进手心里,这几天的平静忽然在这一夜里裂了道口子,口子越张越大,闻邱咬着牙,眼泪一滴滴地滴落到地板上。

他蹲在那儿哭了很久,后来甚至哭出了声,可没一人听见。

手机很久没开机,丁晖收到了他请假的消息,问他怎么样了,闻邱没有回复。还有一条,是他从宿舍赶去医院

的那一晚，他还在楼下的冰天雪地里等公交，宋宗言发信息问他：坐上车了吗？

闻邱现在才看到，他盯着这条消息和那个熟悉的名字，拨了电话过去。

凌晨三点二十，对方肯定睡了。

可他想听他的声音。

嘟、嘟、嘟……

"宋宗言……"

手机里是一长串急促的忙音。

宋宗言没有接电话，闻邱听着忙音渐渐消失，只余难挨的耳鸣。他渐渐攥不住手机。

元旦假期结束，邱云清便催他去上学，闻邱把断裂的佛珠一颗颗收好，放在床头的绒布盒子里。但他出了门没去学校，学校里都是人，他一去，总会被人盯着说闲话。他不怕旁人的眼光和口舌利剑，可独独这会儿不想去接受。

江边筑起围栏，闻邱站在围栏边，上半截身体挂在生锈的栏杆上往下看，灯光把水面洇出波澜光流，冷风穿过他曲起的身体。

晚饭后的堤坝附近有不少小孩子和家长在散步，虽然天冷，但笑声与说话声远远地传来，声音带着温热气息，直冲进闻邱耳朵里，烧得他五脏六腑都搅在了一起。有小女孩高声喊着"妈妈快看，远处有人放烟花"，深蓝色夜空陡然亮起。闻邱没去看那漂亮的烟火，只是把手里空掉的易拉罐捏扁，扔进了垃圾桶里。

闻邱进了学校，男生宿舍楼十分吵闹，甚至有人拍球，闻邱才到走廊就有人跟他打招呼，他挥了挥手。关系一直还不错的同学凑过来，笑道："你去哪儿了，好几天没看见你了。"

闻邱拎开他搭在自己肩膀上的手，也笑了一下："出去玩了几天。"

闻邱走到自己宿舍门口，宋宗言进门时似乎忘了把门关严实，开了一条手臂粗细的缝隙，他的声音隐约传出来，其中还夹杂着女声，在闻邱的鼓膜上来回敲打，节奏由慢至快。

"我怎么没有你这样的哥哥，"夏云娇失真的声音从扬声器里传出，"修好了拍给我看一下吧。"

宋宗言"嗯"了一声，问她："微电影拍得怎么样了？"

"非常顺利，昨晚跟老师吃了顿饭，估计没什么问题。"夏云娇笑了下。

"喂，闻邱你怎么不进去？"有人从后面拍了下闻邱的肩膀。

里面的声音忽然断了，免提被关上。

闻邱把门一推，往里跨了一步，说："进啊。"

他用脚踢上了门。宋宗言坐在椅子上回头望他，他没说话，垂下眼睛沉默地走到自己床前把书包放下，半躺到床上去，手覆在胃上。

几天没见，宋宗言想问些什么，但看到闻邱这副样子，最终没开口。他转过头去，手机屏幕还亮着，仍在通话中。夏云娇在那边"喂"了好几声，问他怎么突然不说话了。

宋宗言道："没事，你继续说。"

闻邱半张脸掩在床单里，他看了宋宗言一眼，对方在摆弄桌上拆下来的玩具车，零件堆了小半个桌子。他妹妹闻邱见过，不爱摆弄大多数小女孩喜欢的娃娃，反而喜欢这些东西。

真是好哥哥，还替妹妹修东西。

闻邱耸耸肩。

宋宗言仿佛怕干扰闻邱休息，所以声音压得很低，也几次想要结束对话，可夏云娇一直在说自己的事情，他教养良好，便一直听着，时不时应两句。

宋宗言音色低沉温柔，话不多，但永远不会让你感到自说自话的尴尬。

夏云娇不知在那边说了什么，闻邱看见宋宗言笑了一下，嘴角微微弯起，对着电话那边说："想吃的话我周末寄一箱过……"

"砰"的一声，闻邱突然感到不太舒服，他从床上下来，弄出很大的响动，跌跌撞撞地冲进了洗手间。他的胃里翻江倒海，却又吐不出来。

宋宗言想要推门进去看看，被闻邱拒绝了。手机响了好几声，夏云娇被突兀地挂断电话，以为他出了什么事，正焦急地询问。他言简意赅地回复对方：没事，你早点睡。

宋宗言再次敲响洗手间的门，问："闻邱，要不要去医院……"

"不去！"闻邱坚决地拒绝，"我很好。"

宋宗言觉得奇怪："你……"

隔着一张门，闻邱快速答："我很好。"

第二天闻邱去上课，储文馨兴奋道："你终于来了啊。"

闻邱看到自己桌上放着字迹工整的课堂笔记："你帮我抄的？"

"是我。"闻邱的同桌接话，这人很沉闷，同窗快三年，闻邱也没跟他说上几句话，这次难得对方主动开口，"希望能帮到你。"

"哦，谢谢。"闻邱坐下来，语气如常。

他面上精神不济，可说话时嘻嘻闹闹，到晚自习时有几个关系还不错的同学已经不再小心翼翼："闻邱，你请假这么久干吗去了？"

"玩去了啊。"闻邱说。

"真的啊，还以为你家里有事，原来真潇洒去了。"同学有些怀疑。

"是啊。"闻邱答。

他们这一群人吵吵闹闹，班里好些人望过来。前面有人回头跟宋宗言说："班长，都打铃了，丁老师还没来，你

管一下纪律吧。"

宋宗言点头，敲了敲桌子："别说话了，安静自习。"

他的尾音正好落在闻邱的笑声上，吵闹的教室顿时一齐静下来。

闻邱收起笑容开始写作业。他把孝布戴在了里面的衣服上，外套一罩谁也看不见，他谁也不说，面上永远挂着轻松惬意的笑。

宋宗言又一次提交了转宿申请，正好他们班813宿舍里有个学生去了国外读书，空出一张床位。

闻邱周末没回家，一个人在宿舍睡了整整一天，中午饭点才过就有人拿钥匙开门。

他听到声音，从被子里露出脑袋，睡眼惺忪地与站在门口背着光的人不期然打了个照面。

闻邱从床上支起半个身体，揉了揉眼睛，伸手去够掉到地上的枕头，语焉不详地打招呼："你今天来得好早。"

宋宗言关上门，走到自己床铺前掏出一个行李箱收拾东西，被子、枕头、床单一件件叠好。

他旁若无人地收拾，闻邱见了，用毫不意外的口气问："需要我帮忙吗？"

宋宗言回道："不用。"

闻邱问："你要搬去813吗？"

宋宗言答："嗯。"

闻邱说:"挺好的,人多热闹。"

闻邱起床去卫生间洗漱,出来后泡了碗杯面当作早午饭。杯面浓郁的香气很快从没压平的缝隙里争先恐后地涌出,宋宗言已经收拾到了末尾,正把书架上的书一本本抽出来垒成一座高塔。书收拾完是抽屉,他很少有零零碎碎的小物品,所以抽屉很干净。

不过此时,那里面正静悄悄躺着一个灰色盒子,表面横亘着一条黑色细绳,绳子中间点缀着一颗桃木色五角星——一看便是礼物盒。

"那是什么?"闻邱见他一时没动作,望了过来。

宋宗言难得踌躇了一瞬,仿佛在思忖着要把这东西扔了还是怎么办:"没什么。"

此地无银三百两。

闻邱念头稍转:"是要送谁的礼物?"

宋宗言把东西放进袋子里,没有回答。寝室里静了几秒,闻邱挂在床沿架子上的几片钥匙被风一吹,撞上铁质的床柱发出丁零零的声响。这是他们宿舍唯一的装饰物,闻邱习惯把被淘汰下来的钥匙收集起来,一一挂在床沿。远看像风铃,不过没有那么美观。

宋宗言东西收拾得差不多了,房间空了一半,他把自己的钥匙放在桌上,说:"钥匙留给你。"

现在床沿那堆装饰物里又可以增加一个。

闻邱却眼神一转,望向他脚下的袋子,问了个不相干的问题："那个是不是送我的？"

他说的不是钥匙，而是宋宗言方才放进袋子里的灰色礼物盒。

本就是要送他的，留着好像也没用。宋宗言不是一个会否定过去的人，他与闻邱确实有一段关系很好的时期，而礼物也是回赠给那段时间的闻邱的。

"是给你的，"宋宗言不否认，把盒子拿出来，与钥匙并排放在桌上，都留给他，"生日礼物。"

盒子里面是一张闻邱喜欢的歌手的CD，一枚漂亮但好像毫无用处的胸针，以及一张卡片。应该是夏天宋宗言去国外旅游时买的明信片，上面写了短短四个字，笔锋清隽，很好辨认——生日快乐。

他那么期待的礼物和一句生日快乐终于得到了，送的人却走了。

闻邱把杯面揭开，氤氲热气漫上他的脸和眼睛里。

宋宗言搬寝室一事星期一就被大部分同学知晓了。储文馨也好生奇怪，可她直觉不该问闻邱。

"喂，给你带的。"晚自习课间，储文馨从后面递了个盒子过来。

闻邱接过来："什么东西？"

是几个五颜六色的马卡龙和叫不上名字的甜品。

储文馨炫耀了一番："是不是还不错？我自己做的，味道应该不错，虽然卖相一般。"

"不给你那些闺蜜吃吗？"闻邱说。

"她们吃过啦，这是剩下的，都怕胖呢。"储文馨催促道，"你快尝尝，我周末回去跟我姑妈学的，她开咖啡店，你知道吧，你好像去过一次……"

是去过一次。去年寒假，储文馨为姑妈新开的咖啡店做宣传，闻邱与宋宗言趁着周末去捧过一次场，但才坐下来就被夏云娇的电话打断了。

储文馨在他眼前挥了挥手："喂，问你话呢，这个吞拿鱼番茄挞好不好吃啊？"

闻邱尝了两个甜品，他回过神来，点点头："挺好吃的。"

"那都吃了吧。"储文馨下发任务，"心情不好吃点甜食就好了。"

"心情不好？"闻邱问。

储文馨压低声音，支支吾吾："宋宗言搬出你那个宿舍了吧，肯定有人觉得是你做了什么不好的事，才导致他都受不了你了。"

闻邱吃了个马卡龙，甜得嗓子都要黏在一起："没什么。你手艺不错，以后也能开店了。"

储文馨笑得灿烂："行啊，以后欢迎常来捧个场。"

确实如储文馨所说，宋宗言一搬走就有些流言传出。丁晖烦不胜烦，找了好几个学生谈话，但也没问出个所以然来。

周五晚上十一点，813男生宿舍的门开着，里面说话的人没打算避讳谁，高声地问："宋宗言，你搬出802是因为跟闻邱关系不好吗？"

"我就说闻邱那人和谁都处不来。"这是秦淼的声音，"宋宗言，我搬出来时就劝过你也一起搬走，看吧……"

"咳咳。"

"大彬你咳什么，嗓子痒？"秦淼被打断有些不爽。

大彬端着盆在宿舍门口，尴尬地打了个招呼："闻邱，你怎么来了？"

闻邱扬了扬手里的学生证："宋宗言的学生证落下了。"

秦淼一见到他，脸色立刻变得奇怪，他哼了一声："别进我们宿舍，不欢迎你。"

闻邱知道秦淼反感自己，他们曾经关系很好，是室友，还是校游泳队的队友，关系好到干什么都一块儿，外出比赛时也同住同吃。但秦淼现在见了他和见鬼差不多。

闻邱把学生证扔给离他最近的大彬："我不进去，放心吧。"

闻邱不想与秦淼争执，转身走了。

大彬性格憨厚，等闻邱走了，他忍不住出声："没必要这样吧。"

秦淼却道："那学生证扔了吧，还要干什么。"

大彬伸出去要给宋宗言学生证的手一顿，又是一阵尴尬。

宋宗言却主动拿了过来："这是我的东西。"

秦淼道："哦，你要就要吧，我是为你好。闻邱那种人，脾气差架子大，是跟着校外小混混混社会的那种人……对了，还没说呢，你到底为什么搬出来？"

"跟他没关系，"宋宗言打断他，"我搬出来跟他没关系，他也没做过什么。"

秦淼一怔。

宋宗言盯着他，一字一句道："我知道有些话是从你这儿传出去的，但哪句真哪句假你自己最清楚。而他是不是你口中的'那种人'，我比你清楚。"

一门之外的喧嚣被隔断，宿舍里异常安静，秦淼好一会儿才反应过来，干笑几声，想说点什么，对上宋宗言的眼神却张了张口没出声。他脸色一青，扭过脸去。

813寝室的氛围顿时怪异了起来，剩余几人互相看了一眼，一言不发，各忙各的。

这个年纪的男生大多不拘小节，又善忘，对闻邱的事除却一开始的稀奇和不解，大部分其实都不大放在心上，该当朋友当朋友，该当同学当同学。

可这个年纪的人也有着十分纯粹的"恶意"，开口时不具备大人的妥帖，恶意像柄利箭，锐利又直接。

秦淼对闻邱就有种"看不顺眼"般的恶意。本来两人关系不错，结果闻邱处处抢他风头，惹得秦淼心生不快，从此两人渐行渐远，分道扬镳。

他原以为宋宗言是自己的盟友，可没料到对方为闻邱说话，简直像往自己脸上招呼巴掌。

然而他也无法反驳，真撕破了脸皮对他没好处。

宋宗言见秦淼郁闷不已，也不再多说，低头去看手里的学生证，非常干净，干净到不像才从旮旯角落里拣出来的。

临睡前，放在枕边的手机振动了一声。闻邱睁开眼睛，摸到手机点开，屏幕在黑暗里显得太亮，他眯了眯眼才看清是谁发来的短信。

宋宗言：谢谢。

屏幕的光照亮了闻邱微微勾起的嘴角，他迅速按着键盘，想了想又把打好的字删掉，重新打了行字发回去：我还以为你会不要呢。

宋宗言看到这句话后，想到躺在抽屉里的新学生证，没再回复。

这场闹剧的传播范围不算广，毕竟当时在场的男生都不多舌，可还是有些人听闻了消息。再结合最近校内有关闻邱是小混混的恶劣流言，有人觉得这未免太欺负人，于是侠肝义胆地挺身而出了。

张封阳第一个站出来，他跟闻邱的关系其实算不上多亲近，可这回他竟主动要求更换宿舍，自愿搬去跟闻邱同住。

他一表态，班里又有人提出申请，丁晖收到一封封申请，甚至还有来自外班的学生闻讯而来，纷纷要求搬去 802 宿舍与闻邱同住，理由五花八门。

丁晖哭笑不得，暗骂了声胡闹，心里又觉一丝欣慰。

最终这场转寝室风波由闻邱来摆平，他说自己一个人住非常自在，麻烦大家别来抢占空间了。

大家要转寝是为了表明态度，见他没受影响，自然都放下心来。

远在首都的夏云娇消息滞后了几天，等她抽出空来问宋宗言这件事时已是周末。

夏云娇发消息问：你搬宿舍了？

宋宗言没有隐瞒：嗯。

夏云娇对着这个"嗯"皱了皱眉。她拿着手机，没想好要不要问原因。

宋宗言的信息却主动发来了，语气甚至不像他：你不问为什么？

夏云娇咬着嘴唇：问了你就说吗？

宋宗言可不是一个会跟她推心置腹的人。

那边迟迟没有回音，夏云娇自己转移了话题：因为你搬了寝室，闻邱被人说了吧。

宋宗言：嗯。

夏云娇：什么样的传言都有，还真是敢乱讲。

宋宗言：没人相信。

夏云娇：你不信？

宋宗言很久之后才回复：不信。

天气越发寒冷，却没再下过雪，临近期末，学校里的流言蜚语减少了许多。闻邱每天早上依然能吃到别人从外面带的早饭，却没看见过孙世楼的人。

储文馨好奇："最近还真没怎么见到孙世楼往我们班里跑了。"

闻邱啃着粢饭团："我也没怎么见到他。"

"你们没一起玩啦？"储文馨瞪大眼睛。

闻邱把饭团咽下去，思索了一下："有快一个月没联系了。"

不过即使没了孙世楼，好像也不见闻邱安生点儿。

第一门考试的是微积分，丁晖监考。考试时间过去一小时多一点，他就忍无可忍地走到闻邱旁边，屈指敲了敲他的桌面。

丁晖道："拿出来。"

闻邱一顿，把放在桌子底下的手机拿了出来。

丁晖脸色铁青地缴了他的手机，几乎是恶狠狠地瞪了闻邱一眼，咬肌用力绷起，一副气急败坏的样子。

闻邱抿了抿嘴唇，很是顺从，然后站起来交了卷子。

"你干什么？"丁晖按住他的肩膀。

"我做完了，交卷。"闻邱答。

丁晖怀疑地看他一眼，其他学生也好奇地张望过来。丁晖把卷子来回翻抖了一遍，发现他真做完了——考试时间才过一个小时，连最后一道题都写了。

丁晖脸色更青了，语气僵硬："赶快出去，交卷了就走人。"

看着闻邱走出去的背影，他又补了句："我看看你这次考几分。"

闻邱上一次期末考试的分数极其糟糕，丁晖已经压着一团火在心口，哪承想闻邱这会儿又自己撞枪口上了。

当晚教工宿舍最里面那间，丁晖把手机往桌上一磕："你把密码输进去，让我看看你考试的时候都在干吗？"

闻邱站在他面前："我没作弊。"

"那拿手机做什么？"丁晖靠在椅背上，双手交叉等他坦白从宽。

"……聊天。"

"跟谁聊天？"

闻邱拖长了一点儿声调："丁哥，这是我的隐私吧。"

丁晖却不吃这套，他怒不可遏地一拍桌子："别跟我嬉皮笑脸。你是不是嫌学校对你太宽容？非要把自己置于一个最糟糕的环境和状态下才满足？"

闻邱低头背着手，看不出真诚或敷衍："下次不会了。"

"做保证有用吗？"丁晖火气冲天，"什么年纪干什么事，你现在是要干吗？准备辍学？行，那你去吧，我现在就帮你办退学！"

他上学那会儿对新鲜事物也有颗好奇心，但他舍不得闻邱自甘堕落。煞费苦心地维护和关切得到的结果却是学校流言四起，闻邱的成绩一落千丈。

丁晖指着他一通骂，气到脏话都飙了出来。骂完后天灵盖都微微震动，他有点缺氧，重新坐下来抽了根烟出来。

闻邱一反方才的沉默："丁哥……"

"你也要来一根？"丁晖斜觑他。

闻邱赶紧摇头。

丁晖看他这副样子，绷紧的神情一松，笑了一下，又立即板脸："敢说要我今天打断你的腿。"

闻邱抱怨："您还是班主任吗？"

丁晖恐吓他："我该是你家长，就能名正言顺地打你一顿了。"

闻邱一本正经地提醒："家暴是违法的。"

他说话时表情不变，丁晖却立即反应过来自己说错了话，闻邱小时候被收养，没少受过家庭暴力。

丁晖咬着烟的嘴唇尴尬地张合了下，声音倒是柔和了许多，改用怀柔政策："闻邱，你很优秀。"他顿了下，"像你爸爸。"

闻邱不领情："我又不是他亲生的，怎么会像？"

丁晖摇头，似乎是想到了什么，笑了一下："这跟是不是亲生的无关，他当初救了我，现在换我——我说不上是救你，只能说拉一把。哪个当老师的都不愿意看着优秀的

学生走错路。"

闻邱却尖锐地发问："什么叫走错路？我又没干什么。"

教师宿舍外的长廊上站着一个人，身长玉立，影子有一大半印在门上。他拿着资料正要敲门，却因里面的质问而停住了脚步。

宋宗言一时进退不得。

坐在椅子上的丁晖仿佛被问住了，好半天没讲话，低头抽闷烟。里面两人忽然一言不发。直到一根烟抽完，丁晖才苦笑道："你记不记得你奶奶来学校的那次？"

似乎是因为提到了奶奶，闻邱表情变了一下，没理解他为什么忽然提到这个。

丁晖继续说："校长跟系主任跟她说什么，她都听不见，只会一遍遍地回复'什么'。我当时都被她骗了。"

闻邱慢慢地睁大了眼睛。

丁晖注意到他细微的表情，继续道："老太太很聪明，我送她回去后自己回了办公室改卷子，过了半小时下楼拿东西才发现她又自己折回来了，站在公告栏前看东西。"

她在看学校对闻邱的处分公告。

眼睛不好使得她基本看不清，只好弯着腰把脸凑得很近，一双浑浊的眼睛都要贴上冰凉的玻璃了。

"她也看到了我，跟我说这里面的字太小了，她看不清，能不能给她印一份带回家，她要仔细看看。"

闻邱忽地攥紧了手,声音颤抖:"她都知道?"

老太太心如明镜,好话听不着,坏话全进了耳朵里。人家在她耳边那么大声地说她孙子的种种恶劣行径,她如何听不到。但听到是一回事,装作不知道又是一回事。她年纪大了,思想又不新潮,可不论如何,闻邱都是她的家人。

"后来她经常打电话来问我你在学校的情况,不过她只问一件事,就是你有没有被人欺负。"

闻邱一怔。他想起来,奶奶也经常问他这个问题。

闻邱并不像他自己平时表现出来的那么满不在乎——流言蜚语、异样的打量眼神等等。所幸奶奶耳朵不好,被叫来了学校也什么都没听见。

他怀着侥幸心理,对老太太隐瞒了这些事。可他没猜到,原来两人都在装傻。

临终时她似乎还在惦念闻邱,在医院病床上躺着时也拉着闻邱的手,声音断断续续,忧心道:"我的邱邱别被人欺负了。"

闻邱上初中以后,她就鲜少会叫"邱邱"这么亲密的称呼。唯独最后那一晚她叫了好多次,一直重复这句话,重复到后来,她自己兴许都不知道在说什么了。直到天微微亮起鱼肚白,她再也无法出声。

"你只是一时任性,你所做的一切或许都没伤害到别人,"丁晖深深叹了口气,把烟按灭,抬头看他,"但有人会时时担心你被别人伤害。"

"哎，在外面站着干吗，不冷啊？"没关严实的门外忽然有声音传来，这人似乎是才到门口就碰上了谁——一直有人在外面。

丁晖与闻邱皆一愣，门已经被推开，闻邱听见一道熟悉的声音叫了声"焦老师"，他跟着眼皮一跳，方才涌上来的情绪一时间如退潮般，立即压了下去。

焦其明推着宋宗言进了门，看见里面的两人："哦，小丁又把学生拉到宿舍来训呢。"

"哪里是训，"丁晖换了个跷着腿的闲散姿势，"焦老师今晚不是说要回家吗？"

"到了门口才知道老婆带着孩子去外婆家了，我钥匙都没带，只能又折回宿舍凑合一晚啊。"焦其明拉开自己的椅子坐下，又望向宋宗言，"你来找我的？还是为了在外面偷听你们丁老师训人啊？"

焦其明的教学时间比丁晖要多十来年，但不爱摆架子，平时挺好相处。

宋宗言被他后半句玩笑话说得一阵尴尬，难得不自在了几秒——因为方才他确实听到了一些谈话内容，而那些话，想必闻邱或丁晖都不愿让第三个人听见。

宋宗言沉默几秒，说："年后的全国物理竞赛有人参加不了，我找焦老师说一下。"

焦其明这才微微挺直了背，问道："怎么回事？"

宋宗言走近几步，与闻邱擦肩而过，但两人谁也没看对方。闻邱一直低着头，看见一双鞋从自己身边掠过。

宋宗言靠近焦其明，把声音压了下去，似乎说话的内容涉及了一位同学的隐私。

丁晖咳了一声，也不再谈闻邱的家事，把桌上的一本英文书翻开，换了个话题："你六级还没考过吧，上周找你来背英语，没有哪天完成任务了吧，今天的呢？"

闻邱：……

话题转得太快，丁晖正襟危坐，毫无方才温情脉脉的样子。

焦其明那边三两句话就把事说清楚了，见对面师生二人面面相觑的景象，不禁滔滔不绝："看看你们丁老师，很不容易的，老婆在怀孕，还天天一对一辅导你们。就这个，闻邱是吧，学校名人了，班主任都抓着你背英语，你这是享受 VIP 待遇啊，这会儿还背不出来一句？"

这恐怕是职业病，逮到什么点就能说个不停。

闻邱咬了下嘴唇，憋了一句出来。

焦其明细细聆听，见他背了一句后没下文，忍不住扬眉一笑："就这一句？"

闻邱赧然。

丁晖也被气到了："我天天盯着你都白白费工夫了！"

"还不如回家陪陪老婆。"焦其明跟他一唱一和，"当我们老师都闲得很啊！"他说着就打开了桌上电脑里的 DOTA

游戏，"小丁别管小朋友了，咱们来玩一把放松下，否则早晚被这群学生气死。"

"焦哥你别做反面教材。"丁晖都无奈了，又对闻邱说，"你继续背。"

闻邱磕磕巴巴几乎背不出一个段落，他英语差，英语老师又不大喜欢他，丁晖只好接手，私下多管一些。

"快快快，小丁，你再盯他一小时他也背不出来。"焦其明说。

宋宗言找机会要走，礼貌地道别："焦老……"

"哎，你还在呢？"焦其明一拍鼠标打断他，"正好正好，宋宗言闲得很，这小子现在就是不学了也能考前三名。小丁你要学会用人啊，让他来盯人背书多省心呀。他俩不还一个宿舍的吗？"

焦老师信息滞后了。

丁晖被他催得心急，也看出闻邱今晚是一个字都背不出了，心烦意乱一挥手，也去开电脑，跟着焦其明信口胡言："行行行，赶紧走吧，以后我也不盯你了，你背给宋宗言听好了，也省了我的工夫。"

两人一言不发地出了教职工宿舍楼，天幕低垂，刺骨寒风一缕缕吹进脖子里，宋宗言始终跟他隔了半个手臂的距离。闻邱低头踢脚下的石子，他一路走一路踢，整条路上只有石子咕噜噜在地面摩擦滚动的声响。

"你去不去超市？我想买水喝。"闻邱脚下用力过头了，那颗奇形怪状的石子不知被踢到了哪儿，融进前方未知的黑暗灌木丛里。闻邱终于没了乐趣，恹恹地停下脚步，回身问道。

他抬起头来，宋宗言才看清他的脸，并无异常。

超市里有零星几个学生在买泡面，闻邱左挑右选，最后拿了乌龙茶和杯面去付钱，结果摸了半天才摸到五块钱，手机也因为被丁晖没收一整天没电了，他只好把杯面撇到一边。

前台收银的姑娘认识他："囊中羞涩的话我们也支持赊账业务的。"

"不吃了。"宋宗言就在闻邱后面排队等付钱，但闻邱也没找他借，"一瓶乌龙茶就好。"

"这回也不吃雪糕啦？"收银员上个月请了个漫长的婚假，这周才来上班，她记得闻邱特别喜欢在冬天买雪糕吃，"有新进的品种。"

闻邱递钱的动作微不可察地一顿。

冰凉的雪糕划过食道，与老人家粗糙温热的手，都存在于那一晚的记忆中。闻邱摇摇头，若无其事地笑道："真没钱，身上就五块，勉勉强强够买一瓶茶。"

收银员没察觉出什么，伸手收了钱。

闻邱买完东西准备走，却发现宋宗言还在收银的柜台前，正要人给他打包东西。闻邱在一旁看他拿着一盒关东

煮跟矿泉水一并付了钱。

出了门没暖气，零下的温度分分钟能把人冻得浑身僵硬。沉默无声地走过三盏路灯后，那盒还冒着热气的关东煮不出意料地被递到了闻邱的眼前。

闻邱眨了下眼睛，装作惊讶的样子："干吗？给我的？"

宋宗言戳穿他的明知故问："我不吃这些。"

闻邱眉心跳了跳，是掩饰不住的高兴："一会儿回去我给你钱。"

宋宗言却道："不用，当谢你帮我找到学生证。"

闻邱一边吃关东煮一边煞有介事地为自己谋福利："那你好好想想，还在寝室丢过什么东西没？回去我都翻一遍，可能还得让你道好几次谢。"

他语调上扬，很是熟悉。仿佛一时间又回到了过去两人关系好的时期，宋宗言有一刻的恍然，不易察觉地被逗笑了。

闻邱把竹签叼在嘴里，尝到一股木屑的味道，他微微偏头，余光看见了宋宗言嘴角转瞬即逝的笑意。

"你笑什么？"闻邱话才问完，脚下忽然踩到了坑洼，整个人向前一扑。

宋宗言没来得及扶他，还好他自己又赶紧站稳了，心有余悸道："吓我一跳……"

宋宗言也松了口气，转头看他，然后伸手抽走了他咬在嘴里的竹签："吃完了别放在嘴里。"

闻邱"啊"了一声，去看宋宗言，对方也正捏着那根竹签看着他。

第二天晚上，宋宗言下了晚自习回宿舍洗澡，才洗完门就被敲响了。大彬去开门，门外探出一张喜笑颜开的脸，问："宋宗言在吗？"

"在的在的。"大彬点头，回身去看宋宗言，传话，"闻邱找你。"

闻邱也已经看见宋宗言，问道："你有空出来一下吗？"

宋宗言还没准备答应，大彬就热情道："要是回来得晚，我给你留门！"他好像还介怀那晚秦淼对闻邱说了那么难听的话而自己没有出声的事，所以内疚到后来一见到闻邱就超乎寻常地热情。

宋宗言只好穿上外套，跟闻邱走到楼道的安全出口边缘，皱眉问："什么事？"

闻邱察觉到他的冷淡，毫不介意地把手里的书塞给他："丁哥说的，让我每天找你背一篇英语文章。"

宋宗言眉头皱得更深了。

闻邱见宋宗言没动静，无辜地又重复了一遍："丁哥说了让我找你背书啊。"还用心地翻好页数，指了指上面一篇全英文的文章，"今天背这篇。"

宋宗言很想一走了之，可闻邱把书塞到他手里，张口便开始背了。

083

他的英文发音还不错，记性也好，只是不用功。

闻邱背了两段开始卡壳，断断续续蹦出几个单词后彻底失声了："你提醒个词。"

"The。"宋宗言盯着书。

"……再提醒一个。"闻邱说。

如此来回三次，宋宗言把书一合："你背还是我背？"

闻邱从善如流："好好好不用你提醒了。"

一次让步就会时时让步。宋宗言这回没拒绝他，那之后每晚也都无法再拒绝了。闻邱似乎不想碰到秦淼，所以之后都没再跑去813寝室门口喊人，而是改成了发信息或者在晚自习结束时告知宋宗言他几点会去消防通道。

宋宗言并没有要与闻邱恢复好友关系的想法，可闻邱真的只是乖乖背书，叫人难以先倒打一耙地猜测他的用心。

春节前几天多数学生无心学习，只盼着长假。闻邱却坚持每晚去找宋宗言背书，每次都是他主动约，早到一两分钟，才会看见宋宗言出现。宋宗言几乎不说额外的话，倒是闻邱，他最近把文章背得滚瓜烂熟，甚至能在其中穿插几句无关痛痒的废话。

诸如，晚上食堂的秋葵做得好难吃、丁哥老婆是不是快生了……

宋宗言每回都是一句话结束聊天："接着背。"冷酷无情不讲情理。

闻邱只能撇撇嘴，说："好吧好吧。"

今晚宋宗言倒是不同往日的冷淡，闻邱还没开始背书，他忽然说："换个地方。"

"怎么？冷吗？"闻邱看他只穿了一件大衣，"这地方背风。"

冷倒是不冷的，但宋宗言执意要换地方，这条安全出口的楼梯道他们已经待了半个月，没道理宋宗言今晚要换。

宋宗言见他不走，伸手想拉，但手抬起来后又放下了，解释："秦淼可能会从这儿回宿舍。"

秦淼和女孩子约会去了。秦淼虽然脾气大得很，长得倒不错，有不少女生对他有好感。

闻邱露出一副恍然的表情，接着肯定道："他不会从这儿走，秦淼习惯从西边的楼梯上来。"

宋宗言眼皮上下一翻，看了他一眼。

闻邱促狭一笑，刚要说话，手机铃声却在这会儿响起来。

"张姨，什么事？"闻邱看了一眼来电显示。

张姨是邱云清的妈妈，她很少会打电话给自己，此时突然打来，令闻邱本来高昂的兴致悉数灭尽，唯恐对面会说出什么令他惶然的话来。

所幸张姨只是来拜托他劝劝邱云清："你奶奶突然走了，云清不放心你一个人过年，不肯出远门。可这是早就定好的行程，医生都约好了，要是错过这次就得再等半年了。"

好的医院和医生现如今有多难排闻邱倒不是不了解，

邱云清的腿是多年前出的意外，虽不能痊愈，但也得想法子治。老两口托关系花了钱才约到申市的大医院，不能说不去就不去。

闻邱听明白了对方的来意，先是一怔，眉宇间霎时拢起些低落，但声音还是一如既往地轻盈，他背过身去，懂事地安抚对方："好，张姨你别急，我等会儿跟云姐说，肯定会让她去的。"

张姨"哎"了一声："我们也会尽快赶回来，放着小邱你一个人过年阿姨也不放心，要是不行，阿姨留下来陪你，但云清得去，就是给她找的医院……"

闻邱说："没事张姨，你们不用管我，这次去申市你跟邱叔不也准备检查下身体吗，邱叔的心肺一直不太好……"

宋宗言在他背后不太自在地站着，一时也不知该听不该听，就如那晚在丁晖的教师宿舍门前，他无意旁听他人的私事，可这地方就他们两人，一条长长的通道和楼梯，不论走到哪儿都能听见。

电话那边的话只能断断续续听见一点，闻邱的低声絮语却很清晰，顺着微风敲打在耳膜上。他第一次听到闻邱说这些话——他看起来不像是会与生活中的柴米油盐或闲话家常扯上干系的人，或者说大部分学生都很难对着长辈说出如此"成年人"的话。

宋宗言大约听懂了一点，闻邱的家庭情况他知道得不多，他们还是朋友时也很少会谈及这方面的事。但闻邱从

没提过自己的妈妈，爸爸也很少提——所以宋宗言隐约猜到他的双亲应该都不在了，家里有个奶奶和关系甚密的阿姨。

奶奶在前段时间过世了，宋宗言盯着他拿手机的胳膊，他的外套里面一直戴着孝布。

闻邱挂了电话转回身，两人默不作声地对视了片刻，宋宗言从来不会问什么，哪怕他看出闻邱情绪有些低落。闻邱很快就收拾好心情，扬起笑容，道："好了，接着背书吧。"

今晚他背得心不在焉，好几次卡在一处忘了后文，宋宗言自然地提醒他，他才顺利背下去，两人难得默契。

背完书闻邱还站在那儿，搁在平时宋宗言就走了，可今晚他也没动。两人大眼瞪小眼，闻邱忍不住笑："你干吗不走？"话音才落下就打了个喷嚏。

夜里温度低，宋宗言看他只穿了一件卫衣和薄外套，说："走吧。"

闻邱先到宿舍，他拿钥匙开门，屋里黑黢黢的没开灯，他好似也不想开，就那么走进去了，然后站在门里转过身来跟宋宗言摇手："拜拜，明天继续。"

走廊上的灯光勉强照亮他前半个身形，后半部分的身体快要隐没在黑暗中。

放假前的最后一晚，宋宗言没收到闻邱的背书短信。当天下了雪，一部分学生被家长接走，还有一部分打算明早再回家。宋宗言没走，他父母都在出差，今晚才能赶回来，

时间太晚，雪天路又滑，等明天化冻了再走也不迟。

闻邱同样没回家，他有一阵子没回去了，周末都住在学校。

宋宗言的舍友大彬也没走，他洗完澡爬上床打游戏，看见宋宗言还坐在桌子前不禁问道："你今晚不出去啊？"

宋宗言最近每晚十一点多出去一趟，大约二十多分钟后回来，若是跟女生约会那未免太快了，到底是干吗去了？

宿舍里几个人猜来猜去也没猜出结果来，甚至还无聊地打了赌。

宋宗言说不出去，然后坐下来写作业，但没写几题就觉得心里有一股焦躁在游走。

大彬从游戏里分出神来看了他几眼，察觉出他难得地失态，于是越发好奇。

宋宗言看了看桌上摆的钟表，又去看毫无动静的手机，噌地站起来穿外套，说："我出去一趟。"

大彬兴奋得摔了手机，"哦"了几声，然后趴到床栏杆上探出半张脸，雀跃地问道："班长班长，我能问个问题吗？你每天晚上是不是出去约会了？"

"不是，"宋宗言没料到舍友会误会至此，"我去超市买水，你有要带的东西吗？"

大彬的八卦脸霎时垮下去："啊，那帮我带根火腿肠吧。"

宋宗言点点头，出了门。

宋宗言真的去了学校超市。他在超市里买了水和一些零食，付完钱出来，看着手里提的袋子，觉得自己每晚当真是兢兢业业。

宋宗言提着袋子站在门口，正想回宿舍直接睡觉，旁边漆黑的楼梯上忽然响起说话声。

闻邱握着手机从楼梯上下来，与站在楼梯口旁边的宋宗言打了个照面。

闻邱有些惊讶，挂掉电话，很快恢复自然的语气："你怎么在这儿？"

他的手机屏幕正好面对着脸，光一晃，宋宗言瞥见了他眼睑处红了一片。

"买东西。"宋宗言说。

"哦。"闻邱点点头，站在台阶上，没有下来，"你有纸吗？"

"什么？"宋宗言反应过来，摇头，"没有。"

"那你能帮我去买包纸吗？"闻邱问。

宋宗言顿了下，对方泛红的眼睑和浓重的鼻音一闪而过。他折回超市买了包纸巾，回来时，闻邱还站在那层台阶上没有动，接过纸却立即转身往楼上走，声音从黑暗中传来："你等我一下。"

这栋楼被戏称为小红楼，一楼是超市和羽毛球室，二楼到五楼都是空的，没有电路，一到晚上全黑下来，所以很多学生喜欢来这儿幽会。

不多时空荡的楼梯间里又响起"哒哒哒"的脚步声，

闻邱从楼上下来，手里握着纸团。

"好了，走吧。"闻邱走到他面前。

路灯照出一层薄薄的晕光，两个人面对面站在小路上，四周寂静无声，连风声都逐渐偃旗息鼓。

闻邱的脸被路灯映出毛茸茸的光晕，眼睑处的红晕仍然未退去，似是哭过。

宋宗言从没见他哭过。

"先回宿舍吧。"宋宗言说。

"嗯。"闻邱点头。

大部分学生都回了家，宿舍的走廊静悄悄的，听不见一点儿声息。

"还背英语吗？"闻邱先开的口，他鼻音还是很重。

"不背了。"宋宗言拒绝，又在闻邱要开口前补了一句，"你现在这个样子也背不出来几句吧。"

闻邱蓦地抬起头，眼睛一亮："那以后还可以继续？"

宋宗言移开眼神："放假了。"

"放完假再继续？"闻邱问。

"闻邱。"宋宗言的语气变得又愤然又无奈。

"我只是想跟着学霸继续好好学习。"闻邱执拗地看着他。

冰山微微融化出一道缝隙，好似一瞬间有了可憧憬的目标。

第四章

纸条
The slip of paper

Zhi Tiao

纸条 The slip Of paper

第四章

回到家，宋母明显察觉到儿子有心事，她看了看期末的成绩，一如既往地优异。那还有什么会让本就沉默的儿子更加沉默？宋母找丈夫说了这件事，当爸爸的跟儿子一样，也是"沉默是金"的性子。她没法子了，不过对自己儿子很放心，虽然宋宗言不爱袒露心事，但很有原则，断不会出什么事。

她想开以后，便忙碌起过年事宜，拉着一儿一女逛街游玩。

闻邱久违地回了家，邱云清大约是叫人打扫过卫生，家里整齐干净，连年货都备齐了，不需要闻邱动手。于是闻邱只能闲在家中，睡觉、打游戏、点外卖，这样的日子持续到除夕夜。

前一天闻邱去了趟墓园，家里一个人也没有，墓园里倒都是家人。他在墓园待了将近一天才回来。除夕当天闻

闻邱早起贴了对联，邱云清打来了视频问候，然后他又无所事事一整天。

年夜饭闻邱一个人在快餐店吃的，喝了一肚子碳酸可乐。

他不喜欢家里这种压抑的寂静，所以把电视开得很大声，里头热热闹闹的。他坐在沙发上从津津有味看到索然无味。

宋宗言家里很热闹，他爸爸还有个妹妹，住同一个小区，每年春节爷爷奶奶也会过来一起过，年夜饭能摆一大桌子。接近零点时，宋家几个小辈还凑在一起玩游戏，吵闹得快要掀翻了天。

"哥哥，手机响了！"妹妹迈着小短腿跟旋风似的飞过来，献宝一样把手机递到宋宗言面前。

来电显示是闻邱。

宋母在沙发上瞥见儿子皱起的眉头，也不知怎么回事，走过来道："我替你玩一局，你接电话。"

"嗯，好。"宋宗言本来还犹豫要不要接电话。

"新年快乐！"闻邱的声音通过电流传来。

"新年快乐。"宋宗言回道。

"你在家吗？在看春晚吗？"

"玩游戏。"

"什么游戏啊？"

"随便玩玩。"那边有人叫宋宗言了，"没什么事的话我先挂了。"

"别啊，我现在在你家楼下。"

"嗯？"宋宗言一怔，"你在哪儿？"

"你家楼下啊。"

"真的？"

"你猜啊？"闻邱那边有轻微的风声，他的声音含糊而遥远，含着笑，"算了，骗你的。"

"闻邱。"宋宗言却忽然叫了一声他的名字。

"嗯？"

"你一个人？"宋宗言说，"一个人过年？"

闻邱忽然明白过来，他一定是听到那回背书时邱云清母亲给自己打的电话了："干吗？"

妹妹过来拉宋宗言的裤腿，缠着要他抱抱。

闻邱听见了他那边热闹的笑声，突然就不想再打扰宋宗言。他一个人过年很无聊，本是想来找宋宗言玩儿，但这样合家欢乐的日子里，他实在是不该贸然打扰，不该去破坏欢闹的气氛。

"好啦，感受到你的心意了。拜拜，回学校再见。"

宋宗言还没回答，闻邱已经把电话挂了。

宋母帮儿子赢了一局，见他回来都不舍得让位了，宋宗言便抱着妹妹看她玩儿。他看了看时钟，已经过了零点。今年禁放烟花爆竹，因此什么也没听见。

妹妹扒拉他的脸："哥哥，别看窗外啦，没有烟花。"

宋母笑道："你可以看看电视，那里面有。"

宋宗言总觉得不对劲，他放下妹妹，突然道："我出去一趟。"

宋母疑惑道："出去干吗？"

他没回答。

楼底下空荡荡的，树木草丛影影绰绰，几个年轻女孩手里拿着点燃的小烟火在绿化带附近自娱自乐。

闻邱不在。

宋宗言这一刻的心情很复杂。他又走进楼道里，回了家。

与此同时，小区门口有个裹着厚围巾的男孩正坐进出租车里，司机纳闷："小伙子这个点去哪儿？"

"回家。"他回答。

"哦，你不住这儿啊？"司机误会了。

"不住。"

"那你来这儿跟亲戚过年？还是过来拜年？咱们这里初一才开始拜年吧。"

"都不是。"

看来是个过年也形单影只的可怜人。司机本想安慰几句，闻邱已经继续道："师傅你走错路了吧，虽然过年还要上班不容易，但也不能绕路啊。"

新学期开学，当晚闻邱走近安全通道时，远远就看见一人站在那儿，他放下心来，眉开眼笑地走过去："你今天来得好早。"

宋宗言点点头，先把手上拎着的盒子递给他，在闻邱

诧异的眼神里解释:"我外婆自己做的点心。"

闻邱说:"谢谢。"

宋宗言又解释:"我妈让我给你的。"

"嗯。"闻邱点头,意料之中。

宋宗言被他噎了一下。大年初三闻邱打电话问他要不要一起去给丁晖拜年,当天宋宗言与家人在外婆家。他带着妹妹去外面买东西,手机放在家里,是宋母接的。

"宗言今天去不了,明天或者后天去吧,"宋母说,"我们现在也不确定。"

闻邱最后自己一个人去了丁晖家里拜年,宋宗言却因为时间不够,到开学了也没能去一趟。宋母让他带了点外婆做的点心送给老师,这种东西也不值钱,算不上受贿。

宋母又想起闻邱,他儿子朋友不算少,但交心的寥寥无几,闻邱是她最熟悉的一个。因此宋宗言临出门要去学校了,她又装了一盒点心让宋宗言带给闻邱。

闻邱跃跃欲试地问:"现在能拆开尝尝味道吗?"

宋宗言却道:"回去再吃吧。"

闻邱把手里要背的文章递给他:"好吧好吧,先背书。"

宋宗言却没接。

闻邱的手停在空中,宋宗言又拿出一沓东西递过去。

"这又是什么?"闻邱好奇。

是一份计划表和一沓书,计划表做得很详细,大大小小的重点都囊括了进去。

"你的英语是弱项。"宋宗言说。

"我知道。"闻邱有些疑惑,"所以这是什么意思?你自己做的?"

"你考研不是要考首都的学校吗?那边的学校没有特别好考的,你现在的成绩肯定不行。"宋宗言的语气刻意显得冷淡。

宋宗言知道他只是懒,不想上进,如果闻邱真心诚意求上进,自己这份计划表也只是锦上添花,但他还是花费了两天工夫帮他整理了一份重点出来。

闻邱听了这话怔忪片刻,接着紧蹙的眉眼全然放松下来,他简直要掩饰不住笑意:"宋宗言,谢谢你。"

冰山微微融化出一道缝隙,好似一瞬间有了可憧憬的目标。

气温逐渐升高,春季校游泳队招新,闻邱等前辈被拉去与新人比了场友谊赛。新生把友谊赛当成了正式赛,一个个很卖力。前辈们自然也当仁不让,个个使出浑身解数。

比赛共两天,第二天晚上是团体接力赛。闻邱他们上学期开始就基本不再训练,默契程度及技术都下降不少,输了新人们零点几秒。傍晚大家一起去吃饭,席间秦淼的脸色一直不太好看,导致一顿饭吃得有些尴尬。到了晚自习回班级时,秦淼的脸也拉得很长,他好面子,输了比赛总归不舒服。

闻邱倒跟没事人一般,竞技比赛输赢固然重要,可输赢也是常事。以前还是朋友时，秦淼觉得闻邱的好心态值得学习和赞扬，可如今他看闻邱哪儿都不顺眼，闻邱比赛后若无其事的样子就令他莫名火大。

下了第二节课后，秦淼回头与人说话，见到一只褐色的虫子停在闻邱的可乐上，久久没飞走，一瞬间有个念头涌上了心头。他伸出手指一拨弄，那在铝制罐口停着的小虫子就掉进了可乐里。

周边几个人发现他的动作，顿时嗷嗷叫起来，说秦淼你干吗呢？

秦淼比了个"嘘"的手势："都别跟他说啊。"

闻邱回座位后丝毫没察觉到哪里不对劲，上课铃响后他坐下来打开课本。宋宗言给他的计划表和笔记都很有用，完全达到了事半功倍的效果。虽然他依旧对学习不太上心，可比放假前那散漫到肆无忌惮的态度好了许多。

丁晖十分欣慰。

闻邱向宋宗言借了昨天的英语作业订正，这节晚自习上到一半时，忽然发生了意外。

闻邱拿起可乐准备喝，全神关注着闻邱动静的秦淼立即发现了，笑得很恶劣。闻邱毫不知情这里头有什么古怪，可乐是他下午买的，喝了一半，一直放到现在。

秦淼正万分期待他喝上一口，一只手却率先捏住了易拉罐。

闻邱疑惑地顺着那只手看到了宋宗言。

"里面有东西。"宋宗言说。

闻邱眉心皱了下，他还没反应，前面的秦淼霎时扭过头来，怒喝道："宋宗言你干什么？"

宋宗言若无其事地收回手："你不问问自己干了什么吗？"

"你……"秦淼气极。

闻邱问："你干了什么？"

"你管我！"秦淼扬着下巴。

闻邱猜到了一点，他晃了晃可乐，从打开的口子往里看，黑乎乎的一片，什么也看不清。

"你放了什么东西进去？"他问。

秦淼拧着脸不回答。

旁边的女同桌说："虫子，认不出是什么虫。"

新校区初建成，蚊虫泛滥成灾，尤其是灯柱上，时常爬满了各异的虫子，掉下一两只到桌上很正常。

秦淼瞪她："你看见了？是我放的？"

然后又瞪着宋宗言："你们又都看到了？他那可乐里有虫子？"

宋宗言不是与人争辩的料，他皱着眉看秦淼。

"你凶别人干什么？"闻邱说，"自己干的事还不敢承认？"

秦淼的眼神来回一扫，讥讽笑道："我凶他关你什么事，皇帝不急太……"

闻邱豁地站起来，突然扬手把那罐还剩三分之一的可乐从他头顶倒了下去。

秦淼也愣了，剩余的话断在喉咙里，过了几秒他才反应过来，一把挥开闻邱的手，那只易拉罐"啪嗒"一声掉在了宋宗言的桌上，几滴液体溅到了宋宗言衣服上。

闻邱也生了气，居高临下问他："往别人水里丢虫子好玩吗？"

秦淼顶着满头黏腻的可乐，怒吼一声，起身时一脚踹倒椅子，发出好大的声响。

前排的同学怔怔地回过头来，完全不知道发生了什么事，只见场面极为混乱，有女生惊声尖叫，几张桌椅全翻了，书本掉了一地。

其他几个男同学见状况不对，怕他们打起来，从四面八方过来把人抱住："闻邱行了，大家都是同学。宋宗言，班长，你是班长，别跟着闹啊。"

宋宗言是第一个冷静下来的，他也有些狼狈，衣服上还有溅到的可乐。有女同学立刻递纸巾给他："班长你们别闹了。"

秦淼嘴里骂骂咧咧的，手脚被旁人钳制着，好几个人都控制不住。他趁人不备，还是往闻邱身上砸了一拳，结果脚下不稳，往前一滑脸磕到了桌角。

旁边女生先一声惊叫："流血了！"

几人都一顿，愣在当场。

地上几滴赤红的血格外醒目，所有人的目光都移到了秦淼脸上。秦淼犹在气头上，他哼哧哼哧地喘着气，钳制着他的人都松了力气，他还在挣扎，反向作用力差点让他摔在地上。好半天他才后知后觉地摸了摸下颌，摸到一手血。

帮人看一节自习课的老师没想到自己会被飞来横祸砸中，捂着胸口担忧道："快快快！送到医务室去！"

秦淼被人火速带去医务室，班里顿时安静了几秒，接着有不少双眼睛偷偷打量着方才的混乱中心，一无所知的学生互相咬耳朵："怎么突然打起来了？"

宋宗言已经蹲下去捡散落的书本和笔了，几个同学在一旁默不作声地帮忙。闻邱跟着蹲下去，关切地问："你没事吧？"

宋宗言说："没事，你呢？"

丁晖今晚不在学校里，他老婆预产期临近，实在没法两头兼顾。系里的老师杨萍火速赶来救场，她是个中年妇女，身形很大，性格泼辣，很不好惹。

她一进门见班里乱了套，气不打一处来："谁先动的手？"

全班噤若寒蝉，无人吱声。她在讲台上把书掼得"啪啪"响："闻邱你自己说！"

闻邱没出血，自然还留在班级里等候发落，但他一言不发。

杨萍怒气冲冲地巡视了全班，目光钉在同样一身狼狈的宋宗言身上："班长呢？班长说说，怎么回事？"

"秦淼先动的手。"宋宗言实话实说。

"为什么动手？"杨萍又问。

宋宗言抿着嘴唇似乎在想要怎么回答，杨萍道："我要听实话。"

班里寂静无声，无人说话。

"胆子不小！"杨萍看他们这副犹不合作的模样气不打一处来，把书狠狠掼在讲台上，"闻邱，现在喊你家长来。秦淼现在要去医院，你自己看看怎么办？！"

"我没家长能来。"闻邱说。

杨萍以为他在跟自己呛声，脸色登时不好看了，一众学生都望着她阴晴不定的脸。她手臂一抬："你给我出去。"

闻邱出了教室，底下有学生窃窃私语，宋宗言像挺拔的松柏似的立在那儿。

"宋宗言也出去。"杨萍一视同仁。

罪魁祸首都出了教室，在外头乖乖罚站。过来帮忙的老师年轻又柔弱，捂着胸口："今晚可把我吓坏了，以后都不敢来你们班了。"

杨萍安慰了她几句，让她再帮忙看会儿教室里的学生，自己出了教室找人谈话。

"为什么起冲突？"杨萍厉声问道。

闻邱不回答，杨萍把目光转向宋宗言："今天都给我装哑巴是不是？"

"事情都已经发生了，原因也不重要。"闻邱开口。

杨萍眼皮一跳，想好好骂骂他。她一向看不惯闻邱，吊儿郎当没个正经学生的样子，现在连宋宗言都有样学样，跟着一起胡闹，像什么样子，一粒老鼠屎坏了一锅粥！

"叫你家长来，"杨萍板着脸，"秦淼搞不好要拍片子，

医药费总不能让人自己出。"

闻邱道:"我没家长能……"

闻邱还没说完,杨萍打断他:"你自己闯了祸,不敢让家长知道可不行!"

"我说了没家长能来。"闻邱依然重复这句话,"要出医药费我现在去书包里拿银行卡,出多少都行。"

"你能代表你的家长了?你能跟秦淼的父母解释情况、赔礼道歉了?"杨萍拔高声音质问,"我告诉你,你家长今晚必须来,把电话给我,我打电话!"

杨萍其实没说错,很多时候闻邱自以为长大了,可他无法自己给自己当家长。有些事他需要"家长",必须由"家长"来做。但闻邱现在没家长了,总不能让坐轮椅的邱云清大晚上跑一趟。

"我没家人,"闻邱不想再车轱辘地说下去,他也顾及不上面子或者隐私被戳破的痛楚了,"都不在了,老师你要真的非得喊他们来,恐怕得去地底下喊。"

杨萍一愣,明白过来是什么意思后又气又无奈,见闻邱这副模样,这话确实有七八分是真的。她一下子也无从开口。

宋宗言也是一怔,他去看闻邱,对方说这话时有种看好戏的恶意,可眼下神情并非那么随意,他的眼睛一直看向别处,幽深难言。

宋宗言不喜欢这般神色出现在他脸上。

"杨老师,我家长可以来。"宋宗言忽然开口。

初春的夜里寒意未减，天幕上挂着几颗星星。背后的教室里坐满了学生，杨萍处理好了事情，丁晖联系上宋宗言的家长，一齐去医院看秦淼了。

闻邱贴墙站着，一腿屈起，脚抵在墙上。宋宗言的站姿要比他妥帖得多，像棵松柏。

教室里的学生们已经躁动得写不下去作业，杨萍拿出张试卷在订正。她中气足，声音大到隔着门和承重墙都能听得一清二楚。

"你不需要叫家长来。"闻邱盯着自己的一只脚尖。

宋宗言确实没做什么，只一开始维护了闻邱几句。而且谁也没想到，事情会闹成这样。

"下次别这么冲动。"宋宗言说。

"我没想到他会磕到鼻梁，"闻邱也有些后悔，"应该蛮严重的。"

"嗯。"宋宗言答。

"在外面站着还有心情聊天是不是！"一声中气十足的怒吼穿墙而来。

闻邱还想说什么，悻悻地闭上嘴。

杨萍在教室里说："外面的，进来把这题的答案报给我，答对了就进来坐着。"

他俩手里多了两张试卷，正是杨萍给他们看的微积分题。

闻邱展开卷子扫了一眼，从门口探进去半个头，说："老师，这题我不会。"

杨萍没好气地说："不是说你，宋宗言，这题答案多少？"

闻邱抢先提问："他答对了我们都能进去吗？"

杨萍道："刚刚问你为什么起冲突时怎么没见你这么多话？"

闻邱知道她不喜欢自己，也知道她这是给自己的得意门生台阶下，与他无关，他还得继续在冷风中站着，于是闻邱收回脑袋不再说话。

宋宗言看了眼题目，摇了摇头："杨老师，这题我也不会。"

杨萍没料到他这么说，生气道："你不会吗？"

宋宗言认真地看了看题目，还是说："不会。"

他不像会说谎的学生，一言一行都得体到哪怕是杨萍这样强悍的老师都极其喜欢他，这会儿却公然撒谎不顺着老师给的台阶下。

杨萍愤愤道："那就再给我多站会儿！"

闻邱忍不住笑了，他张了张口："喂，你……"

"别说话。"杨萍耳朵跟声带一样尖，"让你们罚站反省，不是让你们聊天。"

闻邱乖乖闭嘴。

过了几秒，宋宗言放在口袋里的手机微微振动了两声。

闻邱：你真不会？

宋宗言：嗯。

闻邱：是不是第一次尝试罚站的滋味？

宋宗言：嗯。

闻邱：冷不冷？你站近点，我们互相取暖。

宋宗言：冷。

闻邱：冷你还不进去？

宋宗言没回。

闻邱：我知道你知道答案，这道题你都写出来了，拿的满分。

宋宗言：……

看破不说破才能做朋友。

闻邱：谢谢你今天帮我。

每个老师都忌讳自己班里的学生出事，偏偏丁晖不得安宁。他连夜去看在医院的秦淼，安抚好对方家人的情绪，又跟宋宗言的父母解释。

第二天丁晖去了学校，闻邱与宋宗言毫不意外地被"请"进办公室训了半小时。

这么一件可大可小的事儿，最终几个家长商议着解决了。

为了表达感谢，闻邱买了许多酸奶和糖果每日丢一点儿进宋宗言桌洞里。

面对隔三岔五的酸奶、糖果和纸条，宋宗言回过一次，仿佛是无奈的语气，在他的废话下面回复了一句：你每天放这些东西做什么？

闻邱第一次收到折返的纸条，兴奋得立即提笔回复。

宋宗言：……

宋宗言把纸条和零食放进抽屉里，不再去想。

本来他准备把闻邱塞的这些东西统统扔进垃圾桶，但最后不知怎么都静悄悄躺在了抽屉里。

有一回他拉开抽屉时没注意，让室友大彬瞧见了，对方张大嘴巴感叹："你这么爱吃糖啊，囤了一抽屉。"

宋宗言面无表情地又把抽屉关上。

秦淼在一周后就回来了，他回校后变得沉默了许多，他鼻梁跟眼角那块儿都受了伤，整天戴着个墨镜。老师们体谅他的心情，在课堂上说了两句他也不肯摘下后遂作罢。

那墨镜他戴了七八天才摘下。

之后他申请了走读，在外面租了房子，不再住校。

没过多久大家都注意到了他的一些变化——不只是变得沉默了一点，秦淼开始染头发，换了穿衣风格，五彩斑斓的发色很显眼，老师勒令他把头发染回来，下一周秦淼又染回了黑色，再下周，烫了个卷儿……

仿佛要跟谁对着干一般，沉默但不屈。

闻邱跟秦淼在走廊上打过几次照面，搭着闻邱的肩一起去上厕所的张封阳有些紧张，攥着手指，眼神直勾勾盯住秦淼的一举一动，生怕他要打击报复闻邱。

结果秦淼目不斜视，仿佛没看见闻邱般，擦肩而过。

"那小子怎么回事？性情大变啊。"张封阳感到特别奇怪，"你看见没，他又去染了个头发，不过这回的颜色比较低调。"

第四章

107

闻邱眼尖，擦肩而过的一瞬瞥见了秦淼鼻梁上一条歪歪扭扭的快要褪色的疤痕。

他俩曾经亲密无间，是好朋友、好队友。时至今日，却好似从未认识。闻邱从不知道，秦淼对自己的恶意是从哪儿来的。

闻邱收敛心神，决定好好准备接下来的研究生考试。

第二天他桌上多了份模拟卷，是宋宗言放的。

模拟卷是宋妈妈托人从别的学校弄来的，说是很难拿到，他多复印了一份给闻邱。

模拟卷难度超出了闻邱的能力范围，他做得生不如死。可试卷是宋宗言给的，他又觉得这一道道解不开的难题令他快乐得不得了。

埋首于试卷中的日子看似过得很慢。从早数到晚，是成千上万秒。从失眠数到天明，又是成百上千个遗漏的梦境。

几个月的时间弹指而过。

回首望去，这一切都好像是一场呼啸而过的青春期洪汛，漫长又急促，稍不注意就转瞬即逝。

愿你看向我。

第五章

耳钉
Earrings

Er ✉ Ding

耳钉

Earrings

第五章

研究生考试在即，学校瞬间就空了下来，众人都在图书馆紧张地学习。正式考试在三天后，却也没人觉得这是场告别，自然也鲜少有人对着空荡荡的校园感怀一番。

闻邱在校门口跟宋宗言告别。邱云清作为过来人却比当事人还要紧张，早早托了朋友开车来接他回去。

宋宗言在放假前画了一些重点和题目给他，让他在最后三天好好复习，闻邱都翻了一遍。

考前一晚他打电话给宋宗言，倒没说别的，就是加油之类的话。

邱云清无法送闻邱去考试，便想让朋友代劳。不过丁晖提前打来电话，说自己正好是闻邱那个考点的送考老师，吃饭、接送的活就交给他。

第一天上午考完，考点外黑压压的一片伞面，雨点溅到裤腿上留下星星点点的泥印儿。周围喧嚣吵闹，鸣笛声吵得人心惶然。有学生似乎没来得及涂答题卡，在门口痛哭流涕。

"闻邱！这儿！"丁晖举着一把格子伞在人群中冲着闻邱招手，他脖子上挂着个蓝色的工作证，是学校的送考老师。

闻邱三步并两步走过去，一路踩碎了无数坑洼水面上的光影。

"丁哥。"他打招呼道。

"走走，上车，饭馆都订好了，先吃午饭。"丁晖拍了拍他的背。

"今天就我一个啊？"闻邱四处看了看。

"其他学生都有家长来陪，许平爸爸今天也请假来陪了……"丁晖自知失言，咳了一声赶紧换话题，"考试难不难？"

"还行。"闻邱道，"宋宗言押对了一道题。"

"哦？"丁晖来了兴趣。

"他这次搞不好是第一名啊，"闻邱挤眉弄眼地笑，"丁哥你培养了个第一名出来，要出名了。"

"你也考好点儿，我就更高兴了。"丁晖道。

闻邱想了想："感觉发挥还不错，应该能让你高兴。"

最后一场考试在雨天结束。考完也没什么放松的情绪，闻邱书包都没放，回家就被同考点的几个同学拉去聚餐了。

闻邱到了饭店，发现已经凑了大半个班的同学。

闻邱把伞尖磕在地板上抖干净水，一走进包厢就看见了人群中的宋宗言："考得怎么样？丁哥让我问你能不能拿第一。"

宋宗言笑了一下，知道这肯定不是丁晖问的："拿了请你吃饭，你呢？"

闻邱道："我肯定拿不了。"

闻邱头发上落了点水，宋宗言递纸巾给他。

旁边有同学在对答案，又有人吼："好了好了，来玩儿的，好不容易考完了还提考试烦不烦啊！"

一桌人被禁止提考试，只管吃吃喝喝。

吃完饭觉得不过瘾，一群人又去了KTV再来一场。

酒瓶在桌上、地上东倒西歪，没喝完的瓶口还往下滴着酒。女生们早早赶在零点前散了场，余下的都是群不归家的男生。闻邱喝得也有点多了，大家都清楚他能喝，所以一个劲地灌他。

周围的沙发上横七竖八躺了不少人，个个面色潮红、呼吸酣畅。张封阳喝得少，抱着个话筒在唱苦兮兮的情歌，又酸又苦。

闻邱盯着屏幕听他荒腔走板地唱，忽然他一转眼睛，就看见离他不远的宋宗言也正望过来。眼睛黑沉沉的，像冬天低垂的夜幕。宋宗言不擅长夜不归宿，可作为班长他不得不坚守到现在。

"还好吗？"闻邱上半身趴到他旁边小声问道。

宋宗言不太舒服，他眼神都不清明了，过了半晌很诚实地回答："不太好。"

宋宗言喝多了以后又安静又乖巧。

闻邱被他的实诚逗得乐不可支，心知这大概是喝多了，才如此坦然，坦然到他都想问点别的了。

"宋宗言，我们毕业了。"闻邱说。

宋宗言好几秒后才回了一声"嗯"。

张封阳压着嗓子唱了句什么"就趁这分钟够黑我会喊"——

"附近有宾馆，把这些人都送进去吧。总不能在这儿睡。"闻邱挺直身体。

"嗯。"宋宗言一副快要睡着了的困倦模样。

天光大亮，刺眼的光在眼皮上来回跳动，宋宗言终于转醒，抬手遮住刺眼的光线才慢慢睁开眼。宿醉的不适异常鲜明地在他跳动的神经和头痛中体现出来。

他慢吞吞眨了几下干涩的眼睛，同时感到喉咙也一阵干涩。

房间窗户开了半扇，清晨的凉风吹动了窗帘。

"滴"的一声，有人从外面刷了房卡进来。闻邱拎着早餐走进来，他看起来清爽极了，头发刚洗完很蓬松，宿醉的痛苦没在他身上体现分毫。

闻邱走到宋宗言房间门口："你醒了啊？我买了早饭，你要不要洗个澡再吃？"

宋宗言一副才睡醒的惺忪模样，怔在那儿盯着他没说话。闻邱笑说："干吗？酒还没醒？"

宋宗言问："张封阳他们呢？"

"还在睡吧。"闻邱坐到椅子上拿出手机看了一下，"我半小时前给他们发了信息，还没回。"

"嗯，"宋宗言顿了下，从床上下来，"我去洗澡。"

闻邱比了个 OK 的手势，然后把早饭打开挑了份云吞面："好。"

哄闹了一晚，宋宗言离开宾馆便要回家，其他人还想再去网吧打打游戏过过瘾，闻邱对此兴致索然，也打算回家。

"一起吧。"闻邱跟上宋宗言，察觉出对方时不时按揉太阳穴，于是问道，"还不舒服吗？宿醉很难受吧？"

宋宗言说："还好。早饭多少钱，我给你。"

闻邱忽然不走了，立在原地，过了会儿才语气僵硬道："二十三块，只要现金。"

两人像在拧着什么发条，瞪了彼此半天。

最终宋宗言败下阵来："现在身上没零钱，下次见面给你。"

闻邱这才恶作剧得逞般地粲然一笑。

闻邱到家时，邱云清正在院子里修剪花草的枝节，听见脚步声，她立即推着轮椅转过身来："昨晚玩得很尽兴嘛！"

这是在调侃他的彻夜不归。

闻邱在附近买了点水果和零食，一手推开生锈的铁门，打了个呵欠："还好，累死了，等会儿回房间再补个觉。"

"考得怎么样？"邱云清放下剪刀，在院子里的水池下洗干净手。

闻邱把买的水果也洗了下，然后递了个桃子给邱云清。明明才过去一夜，可他竟有些想不起考试的细节："反正会做的都做了。"

邱云清吃着桃子笑了下，她也没再多问，免得给小孩儿压力。

闻邱回房间又睡了一下午，到吃晚饭的点才醒过来。邱云清身体不好，又成天坐轮椅，以前奶奶在时很少让她做饭，但奶奶走了以后，大部分时候都是她自己做。

闻邱下楼时她已经做了三菜一汤。

"做这么多干吗？"闻邱让她停手。

邱云清还想把手边上的橄榄菜洗了："庆祝你考完试。"

闻邱道："云姐，我们两个吃不了这么多。"

"哎。"邱云清也觉得做得多了点，便收了手，让闻邱把碗筷摆好，甚至还开了瓶红酒。

这段日子他俩都很少这么高兴。邱云清的身体不允许她喝多，即使是小半杯也有些醉了。

邱云清笑道："你爸爸和奶奶要是在，也会高兴的。"

闻邱托腮听她说话："我爸才不会觉得这算什么事呢。"

"自己是小孩儿时觉得不算什么，"邱云清不同意他的话，"可等为人父母了，心境就不一样了。"

闻邱说："可能吧。"

邱云清想到了什么，眼睛里泛着泪，但顾忌闻邱在，又伸手抹掉了。

她手上有几处切伤，可能是做饭时弄的。闻邱见了便提议："我们请个保姆吧，小时工也行，每天来做两顿饭，打扫家里的卫生。"

邱云清愣了一下，神色又晦暗几分："前些天你要考试我一直没跟你说，咱们这房子什么时候拆已经定下来了……"

闻邱瞳孔微微放大。

这房子是很早之前建的，上了年头的老房子迟早要拆，在奶奶没走前就定了大约的日期。那会儿三人商量着等拆了就搬去前几年在北苑买的商品房里，换个地方住也是家，人都在就好。但现在奶奶不在了……

邱云清身份尴尬，她曾跟闻正阳是一对儿，但没结婚。她腿伤了后，闻正阳把人带到自己家里照顾。闻正阳走了，她父母便要她回家，可闻家老太太把她当儿媳妇看，舍不得人走，她也挂念老太太孤零零的一个人——毕竟闻邱大部分时间都住在学校。于是她没回家，继续跟老太太两人

在这老房子里相依为命。

以往闻邱每次周日去上学，踏出这栋灰扑扑的楼房后回头去看，里面的两个女人仿佛与这灰色的两层小楼融为一体，孤寂、潮湿，无法向外踏出一步。

奶奶走了，邱云清的父母便让她搬回去，老两口上了年纪，邱云清能陪在身边的时日也不多了，所以她不可能跟闻邱去北苑的新房子住，毕竟他们连名义上的"家人"都算不上。

出成绩前两天，班级群里忽然组织大家一起去郊区的特殊学校做义工。

当天到了约定的地点，闻邱才发现不只有他们班的学生，外班学生也来了不少，足足坐满了一辆大巴车。

闻邱上了大巴车，出乎意料的，孙世楼也在。

知道他俩最近来往渐少的人屈指可数，于是坐在孙世楼旁边的男生见到闻邱后挥舞着手喊："闻邱闻邱，你坐这儿，我坐后头去。"

闻邱想装作没听见，可他嗓门极大，又拉出另一人："孙世楼在这儿呢！"

无法辜负地热情。

孙世楼在他坐下后有些尴尬，摸摸鼻子："好久不见……"

"嗯，"闻邱表示理解，他坐下来后有些好奇，"你怎么会来？"

孙世楼不像会参加义工活动的人。

"机会难得，和老同学们最后一次聚聚嘛。"孙世楼解释。

两人正说话，车门处有人上来了。夏云娇的声音清脆利落："出租车司机没到地方就把我放下了，找了十几分钟，走出一身汗也没找到你们。"

旁边有女孩应和她："宋宗言认路能力厉害啊，这才几分钟就把你带过来了。"

夏云娇笑了笑，跟着她后面上车的是宋宗言。

闻邱坐在靠近过道的位置上，微微侧首就看见了他俩。夏云娇有一阵子没见他，挥了挥手："嗨，闻邱。"

闻邱笑了下，跟她后面的人撞上了目光，宋宗言还没开口，紧接着就看见从闻邱旁边伸出头的孙世楼。

孙世楼和夏云娇打招呼："我说我载你一程，你还不乐意。"

他俩家住得很近。孙世楼今天开车来的集合点，本来说要带夏云娇一起，但夏云娇很不给面子地一口拒绝了他。

夏云娇没理会孙世楼，拉了下后面的宋宗言："这儿有两个空位，我们坐这儿吧。"

在闻邱斜前方。

大巴车慢悠悠地上了路，三三两两的同学聚在一起窃窃私语，夏天的阳光从窗户折射进来，照得人昏昏欲睡。

宋宗言担负了点名数人的重任，他一个个报名字，嗓

音穿破昏睡的欲望。

"闻邱。"他顿了顿，声音忽然低了点。

周围的同学都在低头玩手机或是打瞌睡，无人关注他们，闻邱听到自己的名字，抬头对着他笑了下。

闻邱轻声回道："在。"

宋宗言捏了下手上的点名纸，又低下头去，点下一个名字。

特殊学校坐落在郊区。大家大部分都是第一次来，好奇地东张西望，叽叽喳喳的声响几乎从上车就没停过。

宋宗言艰难地组织纪律，给每人发了份资料，学校的老师先带他们参观学校和班级。学生中有绝大一部分都是孤儿，所以放了假也没法回家。

闻邱和孙世楼被分去了三年级一班，有十来个学生。分组是夏云娇做的，她自己自然与宋宗言分在一组。

闻邱显然不乐意她"滥用职权"的行为，待其他人散开去了各自的岗位后，便提出意见："我能申请换一下吗？"

孙世楼抓了抓头发，也冲上来帮腔："哎，换一下也好，夏云娇，我跟你一组呗。"

夏云娇转念一想，忽地把手里的东西往孙世楼怀里一拍："那行吧，你跟宋宗言一组，我跟闻邱。"

闻邱听了这决定顿时扬起眉毛瞥她一眼，夏云娇昂着下巴，也不甘示弱。

孙世楼抱怨："啊？为什么我跟宋宗言？"他俩压根不熟，连话都没说过两句。

学生都十分乖巧，明明是七八岁正调皮的年纪，可一个个听话得让人心疼。陪这些小孩子玩一上午是很轻松的事。很快到了课间，闻邱坐在教室里刷手机，他身边围了三四个小男孩与他一起玩手机上的益智类小游戏。

宋宗言进门时险些没看到被包围着的人，还是有个小朋友机灵，拿手指戳了戳闻邱。

闻邱抬头便看见高大的男孩站在门口，立马移开凳子站起来。他边走边把自己手机丢给小孩子继续玩。

闻邱走到门口，问："你来找谁？"

"夏云娇。"宋宗言看了眼他的神色，回答得顺畅，"讨论等会儿吃午饭的事情。"

"她跟储文馨她们去上厕所了。"闻邱说。女孩们上个厕所也要成群结队，预计得好一会儿才能回来。

"嗯。"宋宗言看了眼教室里面，没夏云娇的身影，"那我等下电话里跟她讲。"

"这边提供午饭吗？好不好吃？"闻邱靠着门沿问。光线的斑点恰好在他脸上跳动，每一根细微的绒毛都被镀上了一层金色。

"校长说中午可以在这边的食堂吃。"宋宗言回答，"好不好吃我也不清楚，都没尝过。"

闻邱"哦"了一声，没了下文。于是两人大眼瞪小眼，在教室门口静默了半分多钟。

走廊那边"呼啦"刮来一阵风，只见孙世楼气喘吁吁地背着包跑过来："你们都在啊。太好了，我等会儿有事，要先走！"

宋宗言站直身体，问："什么事？"

"私事。"孙世楼不打算详细解释，"现在就得走，不好意思哈！"

孙世楼做事随心所欲，说走就得走。

宋宗言知道留不住他："嗯，要车送你回去吗？"

"不用，我朋友来接了。"孙世楼摆手，又从包里掏出两个盒子，"之前通知要带给学生的礼物，麻烦你下午帮我交一下。"

但他只给了宋宗言一个大盒子，剩下小了好几倍的那个却递向了闻邱。

闻邱一挑眉："给我的？"

孙世楼"嗯"了一声："之前逛街看到觉得挺适合你，还想着大概没机会送给你，正好今天你也来，所以一并带过来了。"

闻邱倒没推诿："怎么突然送礼物？"

孙世楼支支吾吾了一下："就当毕业礼物好了。你要不要拆开看看？不喜欢我再换。"

他送的是枚流光溢彩的黑曜石耳钉，设计简单大气。

"我又没耳洞。"闻邱看了一眼，嘴上这么说，可面上不难看出挺喜欢这份礼物。

"我觉得适合你就买了，"孙世楼的朋友似乎已经到了学校门口，发信息在催促，他把背包一甩，"而且以前你不是一直说想打个耳洞吗？"

汽车鸣笛的声响在校内也能隐约听闻。孙世楼身影匆匆，留下两个礼物盒。

闻邱把耳钉取出来对着太阳转了几圈："他眼光倒是挺好。"

耳钉在太阳下闪着刺眼的光。

宋宗言没有搭话："我先回去了。"

"休息时间还有十分钟，"闻邱收回看耳钉的眼神，蹙眉道，"再说会儿话呗。"

"孙世楼不在，没人看学生。"宋宗言说。

"哪个……"闻邱还想说什么，忽然感觉自己的衣角被人拽了下，一低头，有个小女孩用两只手正比画着什么。闻邱耐心地看明白后又比画回去，女孩恍然大悟地点了点头，比了个谢谢的手势。

宋宗言本来准备走了，见到这一幕又停下来："你会手语？"

"会一点。"闻邱说。

"挺厉害的。"宋宗言想了想，夸赞道。

闻邱应下夸赞，想要说什么。此时不远处的铁路轨道突然发出轰隆隆的声响，火车轧过铁轨，飞驰而过。这短暂的轰鸣声里，他俩的目光不经意撞在了一起。

闻邱对此有一刻的懊恼，接着他突然抬手做了串手势。

宋宗言显然有些疑惑："什么意思？"

"会一门特殊语言看来很有优势，骂你不诚实，你也看不出来。"闻邱笑着把手放进口袋里，语气似真似假，轻松愉快地打趣，"你刚才撒谎了，是不是？"

宋宗言有些奇怪："撒谎？"

闻邱狡黠地笑："你没撒谎吗？那你来我们班门口，真是想找夏云娇？"

闻邱扬着眉，眼睛雪亮，一副抓到他把柄的得意模样。

宋宗言一时竟忘了反驳，以沉默相对。

下午大家齐聚在学校的礼堂，今天每个做义工的人都提前给这群孩子准备了礼物。这群成年人比那些小孩子还要兴奋，随机抽取礼物的游戏玩得不亦乐乎。

储文馨把地上的餐巾纸捡起来扔进垃圾桶，颇为担忧："不知道你们的善举对我明天的成绩有没有帮助。我最近过马路看见地上有垃圾都得捡起来，不然总觉得会坏我的运势，影响成绩。"

闻邱：……

宋宗言正帮一个小姑娘拆礼物，礼物包装得极为严密，他拆了半天才打开，是个娃娃。小姑娘兴奋地接过娃娃抱在怀里。宋宗言也笑了下，余光扫到前几排的闻邱，对方在与夏云娇说话，两个人凑得很近。宋宗言这一刻才发现闻邱说话时很喜欢用手势，两只手总是不自觉动来动去。

宋宗言心念一动。

夏云娇负责此次活动的拍照，她私心拍了不少宋宗言的照片。闻邱凑过去看相机，正巧看见一张宋宗言的。面对跟他妹妹差不多大的小孩子时，宋宗言比平时柔和许多，眼角的温和笑意完全掩饰不住。

夏云娇睨他一眼："要发你一份吗？"

闻邱摇头："不用。"

刚拿到礼物的小姑娘温柔小心地用手指梳着娃娃的头发，忽然一个手机屏幕摆在她面前，上面是一句问话——你知道这是什么意思吗？

七八岁的女孩不解地抬头，宋宗言显然不太熟悉手语，他凭着记忆笨拙地做了几个动作。那是上午休息时，闻邱做给他看的手势，对方的解释是骂他不诚实。可宋宗言又不傻，当然察觉出不可能是这个意思。

小女孩一开始没明白他一看就不标准的手语是什么意思，歪着脑袋想了许久，才慢吞吞拉过宋宗言的手，在他手心里不太肯定地写了几个字。

小孩子的指头软而暖，在手心歪歪扭扭地一笔笔地画着，好似羽毛轻搔。宋宗言凝神看着，忽然明白她在写什么了——

· 1 2 4 ·

愿你看向我。

结束了一天的义工活动后,学生们上了大巴车。

原定是夏云娇跟宋宗言坐一起,但闻邱在前边一个座位坐下,冲宋宗言招了招手,后者脚步一顿,就在他身边坐下了。

宋宗言一派淡定,闻邱便有些好奇:"你估分了吗?"

他点了点头,爽快地报了个最低分和最高分。

闻邱暗自咂舌:"你还估得这么精确啊。"

宋宗言实事求是:"嗯。"

过了会儿见闻邱不提自己的分数,他便问:"你呢?"

"没估,对答案时有一科的选择题好像没选对几个,没心情继续看了。"闻邱从口袋里掏出缠在一起的耳机。

宋宗言闻言皱了皱眉:"选择题错了很多?"

"反正明天就知道了。"闻邱不谈这些了,把耳机解开塞进耳朵里,开播放器前又取下一只,"要不要?"

伸过来的那只手骨节分明,手指细长,和黑色耳机线形成鲜明对比。

闻邱等了很久宋宗言都没反应,他有些不快了,手腕一撤:"不听就算……"

"谢谢。"宋宗言却已经先一步从他手里抢过了耳机。

闻邱顿了一下,玩着耳机线,漫不经心地问:"明天中午要不要一起吃饭?想吃火锅。"

他说话时微微侧了侧身，棒球服外套的口袋里掉出半个圆形的小盒子。那是孙世楼送他的耳钉。

宋宗言从那个半露的盒子上一扫而过，在两首歌跳转的空白里"嗯"了一声。

第二天上午出分数的时间被延后了两小时，临近饭点，闻邱和宋宗言刚出门，一听可以查分数了，只好找了家网吧。他俩只有宋宗言带了张身份证，所以只开了一台电脑。旁边也不乏其他学生在上网，此时都紧张地盯着屏幕。

宋宗言先查的分，那分数高到令人发指，一旁的人看见顿时惊叫一声："这么高！"

于是一群人都好奇地张望学霸，宋宗言一下子被包围住了。

闻邱退掉他的网页开始查自己的分数，他觉得自己不紧张，可握着鼠标的手心又不住往外冒汗。页面跳得很快，他甚至还没做好心理准备就先看见了数字。一时间甚至没想明白这分数是好是坏，还是宋宗言的声音在耳边响起："你也考得挺好。"

闻邱的分数比他自己想的要高上不少，可谓超常发挥。他俩先把分数发给了各自家长，再报告给老师。

丁晖在那边直拍桌子："来来来，现在来我家吃饭。"

丁晖家里只他一个人，他的老婆孩子都回娘家了。宋宗言跟闻邱到时，他显然很高兴，先拍了拍宋宗言的肩膀，也说不出多余的话，只夸了一句："考得太漂亮了！"

又拍了拍闻邱，同样欣慰："没让哥失望。"

三个人叫的菜馆外卖，摆满了整张桌子。丁晖本来没想让他俩喝酒，可架不住高兴，于是一人喝了两罐啤酒。

之前师生之间关系再好，到底有层隔膜，如今临近毕业放开手脚，倒是聊得痛快。三人吃吃喝喝说说笑笑直到下午三四点才结束，期间丁晖手机响个不停，都是来报喜的学生。

闻邱喝不惯啤酒，宋宗言酒量又差，两人摊在丁晖家的沙发上睡了个迟来的午觉，傍晚时才转醒。

丁晖给他俩倒了杯水，说等会儿要去丈母娘家，不能留他俩吃晚饭了。

两人也不好意思再蹭饭，起来洗了把脸便要走，这会儿酒都醒了，最初的那股兴奋劲儿也过去了。

傍晚的城市被一层橙黄色的光照萦绕，闻邱头发上跳跃着几个光点。他从丁晖家出来后意外安静，一路走到地铁口，除了买了瓶饮料外没说什么多余的话。

地铁到站，一阵穿堂风呼啸而过。

闻邱蹙眉，在他眼前摇了摇手："喂喂喂，说话。"

他不高兴了，宋宗言清楚，他喉咙一阵发紧，身体比大脑快，等反应过来时已经拽住了闻邱。

闻邱回身看他，宋宗言在他疑惑的目光里抿了抿唇："你的分数应该没问题。"

分数线出来之后，复试时间也差不多确定了，今年改成了线上复试，省去了奔波，流程简单很多。预录取通知下来那天，闻邱却并未感觉轻松多少，他看着网页上的录取信息，长叹了一口气。

夏天悄悄来临，学校附近新开了一家游泳馆，因为地理位置偏僻所以人很少。宋宗言之前去了外地，回来后给闻邱发信息，对方说自己在学校北门走出去两公里左右的游泳馆里。

宋宗言过来时，闻邱正从水里钻出来。游泳馆刚开业两天，基本没人。方才还有个小男孩在旁边泳道扑腾，这会儿也走了，于是只剩闻邱一个人。

他听见脚步声，立即游到池边钻出水面。宋宗言才堪堪站定，裤脚上就被印上去一个深色的手印。

宋宗言：……

闻邱恶作剧成功显然有些高兴。宋宗言问："饿吗？要不要去吃晚饭？"

"吃啊。等我换衣服。"闻邱说完却又一蹬池壁，身体像一条白鲸般迅疾地扎进蓝色水波里，身影若隐若现。可一个来回没游完就脱了力。

"你游多久了？"宋宗言皱眉。

闻邱腿抽筋，一阵阵地抽疼，他咬牙缓了半天，长长地呼出一口气，又笑了："没多久。你要不要下来游会儿？

咱们比一下。"

"比不过你。"宋宗言站在池边,"上来,去吃饭。"

穿过巨大落地窗的光束把闻邱照得熠熠生辉,连发梢上都闪着水光。他停在泳道的半中间喘着气,等气喘匀了便弯起嘴角笑了下,眼波随着水波荡漾。

宋宗言心口一跳。

"好,上来了。"闻邱撑着池边走上来,两条腿都有些打战,却很快稳住。

宋宗言拿了浴巾给他,他擦了擦耳朵里的水,忽然心血来潮地提议:"要不吃饭前顺便陪我去打个耳洞吧?"

宋宗言一怔。

闻邱耳骨很薄,在水光下看去像一层透明水晶。

以后还会有黑色的耳钉戴在上面。

闻邱往更衣室走,嘴里说道:"等等我,一会儿就好。"

宋宗言忽然觉得眼前波光粼粼的泳池水面变得令人心烦起来。

闻邱总能把心血来潮时的想法付诸实践。两人到达商业街时已临近黄昏,靛蓝色天幕被昏黄一点点吞没。

在街上徘徊了几家店面后,闻邱没怎么挑剔,随便进了一家。

这间店灯光很亮,一进门便让人不自觉想眯起眼睛。里面多是女人,两个男孩进来,立刻吸引了不少眼球。

店员问清了他俩谁要打耳洞，便开始准备工具。闻邱坐在转椅上，脚尖支地小幅度地转着椅子，问："疼不疼？"

"不疼。"店员甜美一笑，去摸他耳垂，"帅哥你耳垂好薄啊。"

"薄一点会好打一点吗？"

"当然咯，脂肪少嘛。"

"嗯，打这个位置。"闻邱指了下耳垂的位置，又去看被晾在一边宋宗言，"这儿行不行？"

"看你自己喜欢。"

其中一位店员把闻邱带去里间消毒，留宋宗言一人在外面看玻璃柜里展示的各色耳饰。

有店员招呼他："这位帅哥要不要也打一个？"

宋宗言收回目光："不用。"

店员倒也不尴尬，依然热情洋溢："那要不要看看耳钉？可以帮你朋友选一个嘛，我们家最近有几款新货，都很适合你朋友……"

闻邱出来得很快，一只亮色的耳针穿过薄薄的耳垂，与黑色头发形成鲜明的视觉冲击。或许刚打完耳洞有些不适应，他不自觉拿手去摸，店员立刻阻拦他："别碰别碰，这几天要小心点……"

店员耐心地告知他注意事项，讲完后又不死心般地推销："真不考虑在我们店里买个耳钉吗？过两天就能戴了。"

"不用，我自己有。"在里间打耳洞时就被推销过，可这家店里的饰品过于普通，闻邱并没有看上的。

他起身准备付钱，却被告知已经有人付过了，抬头便看见宋宗言正站在店门口拿着两瓶冷饮等他。

闻邱走过去要接他买的冷饮，问："怎么样怎么样？适不适合？"他歪头露出右耳，让人做评价。

耳垂却一凉。

"肿了。"宋宗言拿瓶身轻轻碰了碰他红肿的耳朵，一瞬便收回，把冷饮递过去。

"毕竟穿孔了啊，少了一块肉。"闻邱催促，"走吧走吧，吃饭去，饿死了。"

闻邱好像有些心事，晚饭时吃得多说得少。宋宗言似乎也在犹豫什么，几次张口却没说出话来。

吃完晚饭他俩在街边遛弯。商业圈附近有个喷泉广场，流光溢彩的灯束随着乐曲与喷泉齐齐上涌。可围观群众里三层外三层堵住了每个能观赏到喷泉的罅隙，闻邱蹦了几下也没看清什么，两人只好兴致缺缺地往回走。

"假期到了又是旅游季。"闻邱一手拿着杯杨梅汁，"好不容易来看个音乐喷泉结果被挤出一身汗。"

一看见街边的精品店，他便立刻道："等一下，我去买个扇子。"

他拿了把普通圆扇，自己扇了两下。

闻邱顺手又从店里买了两个灌篮高手的公仔人偶挂饰，

人物捏得栩栩如生，怪有意思。他付完钱出店门就随手把其中一个递给了宋宗言。

"可以挂包上。"闻邱说。

宋宗言今天背了个书包出来，眼下正好适合。

宋宗言接过人偶往书包的拉链上挂，这东西倒还挺好看，虽然他一贯不喜欢。

闻邱也觉得别致，饶有兴致地拿手指拨弄了两下，结果"咯嘣"一声，挂饰的头掉了。

闻邱震惊："什么劣质产品？！"

他俩懒得再回店里更换或退货，于是宋宗言站在路灯下自己动手又把头安了回去。闻邱看他忙了半天也没成功，百无聊赖地抬头看了看夜色下的璀璨灯光。

"给你的。"闻邱正出神，忽然眼前冒出一个盒子。

闻邱回过神来望着宋宗言，不解道："给我的？"

宋宗言咳了下，点了点头。

闻邱疑惑地接过，一打开盒子却忍不住笑出声："哈哈哈，哈哈哈，宋宗言你这是什么意思？什么时候买的啊？"

盒子里俨然是一枚耳钉，银质的，朴实无华。

"之前你打耳洞的店里，店员推荐的。"宋宗言答。

"原来你也被推销了啊，又不好看，价格还贵，我还想着谁买谁傻呢。"闻邱看起来好像不太喜欢。

宋宗言被噎了一下。

闻邱故意道："我说错了吗？"

宋宗言叹气，伸出手："不喜欢的话就还回来。"

"送出来的东西还有还的道理吗？"闻邱才不答应，"但你送这个干吗？"

"毕业礼物。"

四周寂静，灌木丛与树木掩盖住了人影和人声，还有两名少年的心跳声。

闻邱回家后就摊在了沙发上，手机振动了一声，宋宗言发来的信息，问他到没到家。

闻邱跟宋宗言聊了大半天依然没有睡意，神志清醒得仿佛喝了一箱兴奋剂。

直到邱云清发来信息，她在楼下听见了楼上的动静，便在手机里问：确定去首都的学校了？

闻邱脸上不自觉溢出的笑意缓缓收了回去。

邱云清：其实男孩子出去闯闯也很好的，你别因为我而委屈自己。

闻邱：在哪儿都能闯，一样的。我不觉得委屈，而且我也希望以后能多陪陪你。

邱云清：唉，好。

闻邱：别叹气啊，叹气使人衰老。云姐你后天搬家？

邱云清：推迟几天吧，我妈昨天腰椎病犯了，等她缓缓。

闻邱：嗯。搬家的时候告诉我，我帮忙。

邱云清：一定的，我们家的男孩子也是时候派上用场了，做苦力肯定少不了你。

闻邱微微笑了下，放下手机仰面躺在床上，房间还是十多年前他住进来时的模样，天蓝色的墙纸和布满星空的天花板都没变。

闻正阳收养他时没有养小孩的经历，所以只能凭着书本和电视上的资料来猜测小孩喜欢什么样的房间。房间的装修是邱云清做的，她其实远没有表现出的那么坚强，否则不会在遇到意外后数次自杀，甚至拒绝嫁给闻正阳。

一个残疾之人，最怕给别人带去麻烦。

那天上月终于陷落进了他这片晤淡无光的沼泽里。

第六章

剖白
Expression

Pou ✉ Bai

剖白

Expression

第六章

　　道路两旁的老榆树枝繁叶茂，知了声缠绵不绝，盛夏如期而至。

　　宋宗言是班里第一个收到通知书的学生，随后父母宴请了老师。同学们也纷纷起哄要他请客吃饭，于是宴请完老师的当晚宋宗言又请全班吃饭。除了少数几个考得不理想准备再战的同学，其他人基本都来了，个个叫嚣着要蹭蹭第一名的运气。

　　闻邱家就在酒店附近，他步行过来，短短一刻钟在炎炎夏日的黄昏下走出一身汗，他只拿了一把圆扇，一边挡太阳一边扇出阵阵热风。

　　宋宗言像棵挺拔繁盛的白杨树，杵在酒店门口接人，他剪了头发，穿着白色T恤和牛仔裤，远远望去洋溢着青春的气息。

"你干吗站外面？不热吗？"闻邱隔着几步远就开始给他扇风。

宋宗言笑了下："不热，你走过来的？"

闻邱"嗯"了一声："什么时候剪的头发？前天一起看电影的时候还没发现你剪了。"

"昨天晚上。"

"精神。"闻邱竖起大拇指，"来几个人了？"

"七八个，在包厢里聊天。"

闻邱来劲了："那我也去玩一会儿。"

宋宗言却阻挡了他的去路。闻邱挑眉："干什么？"

他今天戴了耳钉，朴实无华大众款那只。

闻邱见他盯着自己耳垂，扬了扬眉："怎么样？"

宋宗言说："挺好看。"

闻邱倒吸一口冷气："你这审美跑得太偏了吧。快让开，我要进去吹空调，热死了。"

宋宗言却还是没放他走："还有不少人没来，我要在外面接他们。"

"哦。"闻邱说，"那你辛苦了。第一名嘛，大家都羡慕嫉妒得很，赶紧好好服务下，让大家心理平衡点。"

宋宗言失笑，只能坦言："你陪我等吧。"

"又不是我考了第一。"闻邱不满，不过话是这么说，嘴角却不禁上扬，腿也乖乖地退了回来，站到宋宗言旁边陪他一起接待其他同学。

天黑后人才到齐，有些人天生慢性子，三催四请才慢悠悠赶来，有着急吃饭的敲着碗碟自编自唱。

饭桌上气氛热烈，一群人聚在一起，多的是青春激昂和说不完的话。宋宗言作为主角免不了要开口说两句话，好在这会儿学生都单纯，没体验过酒桌文化，敬酒敬得嘻嘻哈哈，多以果汁代替了，否则宋宗言指不定要被灌倒泡进酒坛子里，三天三夜醒不来。

"笑什么？"热气扑在耳畔，闻邱微微侧头，宋宗言正趁着闲暇的工夫跟他说话。

闻邱都没发现自己在笑，他只是在想宋宗言喝醉后的样子："笑大家太善良了，都没灌你酒。"

张封阳在一旁听见了，忽然一拍桌子站起来："那我来灌！"

宋宗言、闻邱：……

储文馨瞧见了，立马一丢筷子，急忙咽下嘴里的牛肉端着杯子站起来，因为太过莽撞，果汁都不慎洒了出来。她在桌子这头喊："学霸学霸，班长，我先敬你，这个运气我先沾了，保佑我能收到 A 大的通知书。"

张封阳拆台："人家这叫实力，没有实力，光要运气顶什么用。"

储文馨抬杠："你离我远点，也离宋宗言远点，我求你不要蹭走我的运气。"

他俩分数差了两分，报的同一学校的同一专业，储文馨一想到如今考试竞争压力已经这么大了，还有熟人跟自己争名额，气得直跳脚。

　　张封阳近水楼台先得月，立马跟宋宗言碰杯："来来来，别管她。"

　　储文馨被气得哇哇大叫："张封阳你过分！"

　　张封阳得意地哈哈大笑，笑完却没喝酒，不过装个样子逗储文馨玩儿。储文馨抓住机会飞速奔至宋宗言旁边，心满意足干了一大杯果汁，沾上了学霸的好运。

　　宋宗言很给面子："祝你能收到 A 大的通知书。"

　　储文馨这会儿文静了不少："借你吉言。"又看闻邱在旁边坐着，便捣了捣他，"咱俩也喝一个，提前庆祝又要做校友了。"

　　张封阳挤过来："哎哎哎，加我一个，都是要做校友的人，别厚此薄彼啊。"

　　闻邱本来在看戏，火忽然烧到自己身上，下意识愣住了。

　　那边有同学问："你们三个都考的 A 大啊？"

　　储文馨跟张封阳打打闹闹，说："是啊，咱们以后还是同学，你们羡不羡慕？"

　　本来正与别人说话的宋宗言声音忽然断了。闻邱发觉有道滚烫的目光落在自己身上，他知道是谁，紧紧攥住筷子不敢去看。

　　他勉强笑了笑，与储文馨碰杯，对方在他耳边说了什

么他统统没听清,本来热烈高昂的愉悦情绪霎时被搅得混乱,闻邱装作镇定地喝了一杯酒。

储文馨和张封阳各回座位,又有其他人来敬宋宗言酒。宋宗言的兴致明显不如方才高,说话时语调平缓,听不出喜怒。

闻邱循着间隙往他那儿看了一眼,宋宗言却也正直直地盯着他,脸色难看。闻邱只觉头皮发麻,握着筷子的手一抖,心虚地移开了与他对上的眼神。

直到散场他们也没再说一句话。宋宗言把同学都送上出租车,回了包厢,里头空荡荡的,只有沙发上坐着一个人,灯光从头顶倾泻而下,闻邱坐在沙发上,一只手无意识地拨弄宋宗言书包上的人偶挂件。

"他们都走了?"闻邱看他一个人回来。

宋宗言面上无笑,他似乎真的生气了,一点儿也不打算搭理闻邱。闻邱对着他的冷脸也不敢有异议,仍打算说些什么。

宋宗言的手机却忽然响了。

电话是夏云娇打来的,问他聚餐结没结束:"我暑假都在国外,回不了国,只能等开学到首都你请我吃饭了。"

宋宗言说:"嗯,去首都补请你。"

他俩聊了好一会儿,宋宗言始终不看闻邱,闻邱坐在那儿听他们讲电话,从请吃饭聊到开学前几天去首都一起游玩,夏云娇之前在那儿待了不少天,寻到不少正宗的特色小馆子。

包厢里十分静谧，他们聊天的声响闻邱听得一清二楚。闻邱突然感到后悔——他很少会觉得后悔。志愿是自己报的，他应该清楚自己要面对这一天。

"夏云娇不适合你。"闻邱等人接听完电话，忽然开口。

他此时说这话让人觉得好笑，宋宗言看着手机屏幕暗下去，没出声回答，走至沙发边准备拿书包。

闻邱见他不理自己，急了："去了首都你也别经常找她，好不好？"

宋宗言这才看他，语气却不善："那我该找谁？"

闻邱被他质问得哑口无言，抬头仰视对方压抑着怒气的脸，想伸手拉住他。

宋宗言却一把挥开他的手："你从来没告诉过我你报考的是A大。"

宋宗言默认他一定会去首都，这些天闻邱从来没有如实说过他选的学校其实是本市的A大。闻邱如果有苦衷，去不了首都，宋宗言可以理解，但对方从未说过实话。宋宗言只觉自己像个傻子一样被人耍了。

这种感觉糟糕透顶。

闻邱静了片刻，反问："那你想我去首都吗？"

宋宗言对他的回答感到失望："你就这么喜欢把问题都丢给别人？"

闻邱攥着书包上的人偶挂件，辩解道："那是因为你从

来也没有正面回答过，我什么都无法确定，什么都无法……"他声音都有些颤抖了。

"我说过你达到了首都那几所学校的分数线，"宋宗言直视他，戳穿他，"闻邱，你有笨到连潜台词都听不出来吗？"

闻邱张了张口却说不出来什么，宋宗言头一次如此"牙尖嘴利"地不饶人。他家境殷实，学习和长相皆出色，平时看起来温柔良善不与人计较，可不代表他没有脾气。闻邱把选学校的事瞒到现在，触到了宋宗言的雷区——没有哪个人喜欢自己被人隐瞒或者戏耍。

宋宗言不想再吵下去，他还是第一次跟人这样争吵。

宋宗言去拿书包，闻邱下意识紧紧攥着那只人偶挂件不让他走，两人拉扯了几下，闻邱这边骤然失了力，那个掉过一次的挂件头颅又断开来。闻邱赶紧放手，断开的那一截轱辘滚到沙发上，他立刻捡起来，想递给对方："又断了。"

宋宗言拿起书包，没去接，甚至没看一眼："不需要了。"

闻邱伸出去的手空落落放在那儿，他眨了眨眼睛。

这时包厢的门被推开，两个服务员看他俩脸色不佳，没直接进来，在门口踌躇着要不要把门再关上，小心翼翼地问："你们结完账了，我们现在收拾还是等一会儿？"

宋宗言没让她们等，缓了神色，点头道谢，然后走了出去。

闻邱还坐在沙发上怔怔地握着那个断掉的挂件，他没想到宋宗言会如此生气，他望着宋宗言的背影，就像又一

次拉开了他们之间的距离般——而且这次跟以前不一样。

闻邱陡然心慌意乱，一切拿乔的心思都没了，他匆忙追了出去。

宋宗言在前面走得很快，好似没想过等他，闻邱在后面拔高声音挽留对方："宋宗言、宋宗言，我们谈谈，我可以解释。"

宋宗言不打算理会他，可闻邱声音不小，吸引了酒店门口门童和过路人的目光，大家好奇地张望过来，闻邱却丝毫不收敛。

宋宗言不得已加快步伐。

闻邱追上去："把话说清楚再走，刚刚什么都没说明白。"

宋宗言步伐不停："你还要说什么？"他问是问了，可丝毫没有要听的打算。

"你别生气，我可以解释，我不去首都是因为……"闻邱说。

"我气的是这个吗？"宋宗言打断他，"你有千万个理由不去首都，我不在意。"

他是气愤闻邱隐瞒他。

闻邱说不通了，宋宗言拔腿又要走，闻邱一着急，忽然从后面把人拽住，往旁边的树丛里推，宋宗言一时不察，两人差点一齐跌到绿化带里。

宋宗言震惊过后一把将人推开，闻邱被他推得一个趔趄。他双腿打战，好不容易才站稳，呼吸急促，眼尾发红。

"你以为我不想去首都吗？"闻邱怕他走，拔高声音喊。

宋宗言迈出去的脚步微顿。

他俩动静闹得太大，好奇心重的路人不禁踮起脚探头往这片树丛里张望，嘀咕起来。

闻邱听见了，他呼了口气，竭力镇定下来："我们找个能说话的地方，你别急着走。好不好？"

夏夜无风，闷热的空气里掺杂着湿气，像是骤雨来临的前奏。

闹市区的深夜终于安静了些许，空旷的马路上有喝多的女人在跟男朋友吵架，声音大却含糊，吵到最后反而呜呜哭了起来。橙黄色的路灯旁围着一圈蚊虫，人走进光里，就有几只虫子循声飞来在耳边嗡嗡直叫。

宋宗言同意跟闻邱谈谈，他多数时候都很冷静，知道争吵解决不了问题，在大街上拉拉扯扯更加难堪。

周边车水马龙，不是谈话的地方，方才的酒店包厢也已经有服务员在打扫卫生。

闻邱提议："我家在附近，今晚没有人。"不只今晚，此后除了他自己，家里也不会有别人。

宋宗言不知道这层故事，只是经过几分钟的冷静，情绪已经没有那么激烈。他很少生气，也不知道方才为什么会如此怒火中烧——这分明是在意。

闻邱总有这样的魔力，让他一次次放弃原则。在生气

过后，宋宗言竟又想听他的解释。

　　两人一路上都很沉默，没说一句话。直到走到小灰楼门前，宋宗言才抬头看了一眼这幢两层小楼，在夏夜和四周繁盛梧桐树的遮掩下，这幢小楼几乎要消失在黑色里。

　　"我住在这儿。"闻邱也顺着他的目光往上看，两层楼的高度还比不上生长了几十年的树木，"你是第一次来吧？"

　　闻邱以前不止一次去宋宗言家里做过客，父母妹妹都见了好几回。但宋宗言并未听闻邱提过家庭状况，男孩子心思没那么细腻，便也不太在意这些细枝末节。

　　宋宗言收回目光，不打算继续往前了："有什么话在这里说吧。"

　　"家里没人，"闻邱说，"不进去看看吗？过两天要拆迁，可能以后就没机会了。"

　　他往旁边让了让，匀出点光亮让宋宗言看墙上贴的公告，抬头上"拆迁通知"几个红字异常显眼。

　　两人站在门口僵持了一两分钟。

　　铁门生了锈，锁眼艰涩难开，闻邱低头借着路灯的光开门，从宋宗言的角度能看见他挺直的鼻梁和抿紧的嘴唇。

　　闻邱在紧张，他开锁的手在微微颤抖。

　　"进来吧。"钥匙转动，闻邱推开铁门，"有点儿黑，你等一下。"

　　他往前踏出几步，按亮了一盏灯。小小的院子便尽显眼前,四处全是花藤草木,只留出一条羊肠小道通往单元楼道里。

"一楼住的是我爸爸和他的女朋友,"闻邱给他介绍,"现在都不在了。"

这话很奇怪,爸爸和他的女朋友?但宋宗言没有多问。

木质扶手落了层灰,闻家老太太过世后便没人再擦过,邱云清是身体不便,闻邱是想不起来这些细微的生活琐事。

"我住二楼,和我奶奶一起。"闻邱边上楼边道。

听他提及奶奶,宋宗言脚步一顿,旋即想起了老人家冬天才去世的事。

可推开二楼的门才是真被吓了一跳,因为一入眼帘的便是墙上挂着的四张遗照。

闻邱注意到他的脚步声停在了门口,回头道:"害怕吗?很少有家里这么挂这种照片吧,我刚来时也特别怕。"

宋宗言没走进去,他皱着眉:"现在是什么意思?"

"想让你看看我长大的地方,"闻邱脸上还残留着方才激烈争吵后的红晕,眼睛在黑暗里隐隐发着光,"想把自己分享给你。"

宋宗言在门外沉默地看着他。

闻邱是孤儿,七岁前辗转几个寄养家庭后被闻正阳好心收养,终于安定下来。他七岁住进这栋老房子里,一直到现在。

宋宗言坐在旧沙发上,闻邱给他拿了瓶冒着凉气的可

乐，他没喝。闻邱觉得站在那儿会手足无措，于是去榨果汁。榨汁机在房间里轰隆隆响着。

这些过去他从来没跟人主动提起过，一是男孩子的自尊心在作祟，二是也没机会跟人如此深入地聊彼此的过往——还是不光彩又晦暗的故事。

"……云姐需要我，"闻邱在这轰隆隆的声响里轻声道，"我也需要她。"

人生太无常。奶奶还在时闻邱也自私地想过，她可以与邱云清为伴，自己天南地北地闯荡也不碍事。可奶奶走得那么突然，一夜之间人便没了，他现在只有邱云清一个亲人了……

"所以你不需要我？"宋宗言说。

"需要！"闻邱飞快反驳他以示心意，"当然需要，但不一样。"

"你一直瞒着我。"宋宗言说。

"我准备跟你说的。"闻邱辩驳。

"等到通知书下来还是开学？"宋宗言讽刺道。

闻邱一噎："选学校时就想告诉你。"

宋宗言满脸的不信任。

闻邱感到受伤："真的。"

他站在冰箱旁看沙发上的宋宗言，一瞬间又觉得对方离他其实很遥远。

如宋宗言所说，闻邱喜欢把问题抛给别人，但总是一意孤行自己做决定。就算他告诉宋宗言，不论对方说什么，他也会选择留下来，因为邱云清。

榨汁机停止工作，噪音由强转弱。闻邱转移话题："我去拿杯子倒果汁。"

开放式厨房和客厅连在一起，半隔断的设计阻挡不了视线和声音，闻邱去开橱柜找玻璃杯，倒个果汁倒了两三分钟，才勉强收拾好情绪。

宋宗言从他手里接过杯子时抬眼瞥了下墙上的挂钟，已经快夜里十二点了。

"你不喝吗？"闻邱问。

他特地打的果汁，宋宗言草草抿了一口，准备把杯子放到茶几上："挺晚了，我还是先回去……"

"在这儿睡吧，"闻邱抢先挽留，"现在回去要被你妈盘问吧。"

果汁偏酸，宋宗言被酸得一激灵，这才想起来这茬。

闻邱见他迟疑，说："今晚住这儿吧，你睡客厅。"

已经这么晚了，宋宗言不想回家被妈妈念叨。但住在闻邱这儿……现下这个氛围，他宁愿出去找个酒店。

"不用了，"宋宗言拒绝，"住这里不方便……"

闻邱忽然扫到客厅里挂着的遗照，又道："哦，是还蛮吓人，你睡我房间吧，我睡我奶奶的房间。"

宋宗言正要开口明确地拒绝，却听闻邱又道："现在这

儿死人比活人还多。"

　　这话的语气很平常，半夜听来却生出一股惊悚。

　　宋宗言想要开口的欲望忽然消失了。他顺着对方的目光望过去，墙上那几张遗照在夜里看久了非常瘆人，一股寒气在盛夏天由脚往天灵盖蹿。闻邱是如何一个人在这样的房子里过了这么久？

　　宋宗言的眼神移到站在那儿的闻邱身上，孤零零的一个人，他不禁去想闻邱过去的生活。

　　从前他就有些奇怪，明明闻邱是个挺特立独行的人，但好像忍受不了一个人，他连去趟学校超市都喜欢跟人一起。他不是喜欢加入热闹的人，却喜欢围观热闹。

　　因为他害怕孤独吗？

　　但他现在确实是一个人了。

　　房间里"乓乓乓乓"响起噪音，闻邱把客厅的电视打开，综艺节目主持人呜啦啦吵着。他帮宋宗言找了崭新的衣服和内裤。

　　闻邱说："崭新的，没穿过。"

　　闻邱还泡了份泡面，晚上吃饭时，他前半场光顾着喝酒，后半场光顾着留心宋宗言的脸色，根本没好好吃上几口，这会儿终于有了强烈的饥饿感。

　　他问宋宗言吃不吃，后者显然不习惯半夜吃泡面，因此婉拒了。

老太太的房间许久没收拾，被褥潮湿，睡上去并不舒服，仿佛躺在了一张水床上。不过闻邱今晚也睡不着，复杂的情绪撕扯着神经，令他翻来覆去，把老旧的楠木床翻得"吱吱"作响。

老房子除了承重墙还算顶事，其余的都没什么用处，隔音效果十分差。宋宗言如果留点心，怕是都能听见他在这屋里翻来倒去的动静。

屋子里黑灯瞎火，手机屏幕亮了起来。是邱云清发来的短信，她体质弱，还有中度抑郁，时常白日犯困，夜里精神。她正跟闻邱说新房子已经装修好的事，这几天散味估计也散得差不多了，明天她叫人把窗帘装上就能搬进去了。

搬过去这间老房子就彻底要被推翻，所有在这儿生活过的痕迹都要烟消云散。

邱云清前两天已经被她父母接回家，闻邱自然不能跟着她回家。他自己有房子，还是上初中时闻正阳单位分的集资房，加了些钱买了套200多平方米的。闻正阳那会儿为邱云清考虑，轮椅不比人两条腿灵敏，家里宽阔点能方便邱云清走动。

只是现在那宽阔空荡只能由闻邱"享受"。

他把目光移到床头柜上，虽然看不太清，但他知道那儿放着个沉香佛珠的手串，他躺在被子里伸手去拿它。

断掉的佛珠已经被一根崭新的绳子串联起来，是他前

不久找店家串的。闻邱拧开灯，油线在灯下仿若龙筋，纹路清晰，凑近了能闻到醇厚的沉香味。他把它戴到自己手腕上，沉香佛珠紧贴着皮肤，圆滑冰凉的触感，不多时被人体焐出了点热度。

保佑我吧，奶奶。

闻邱在心里默念。

半个小时后，屋子里忽然进出一声物体砸到地上的声响。闻邱登时从床上坐起来，家里除了他就只有宋宗言，肯定是对方那边发出的声音。他翻身下床，脚踩在拖鞋上了反而顿了一下，似乎没想好要不要过去看看。但还没纠结一两秒人就已经出了房间。

闻邱敲响房门时听见里面还有些别的声响，似乎是宋宗言在收拾残局，他没等对方同意就推开了门，看见宋宗言正在检查掉落在地上的地球仪。

"不小心碰倒了。"宋宗言看他过来立刻解释，"吵醒你了？"

闻邱说："你看我像睡着了的样子吗？"

宋宗言不会明知故问他为什么到现在还没睡，只说："好像磕出了点痕迹。"

"没事，"闻邱走过去把地球仪接过来，转了转那圆润的球体，"这东西挺经摔的。"

"不好意思。"宋宗言道歉。

"你怎么把它摔了？"闻邱好奇。

宋宗言手机没电了，先前在充电，刚才准备拔充电器，但数据线绕了下，不小心将地球仪从桌上带了下来。

"睡不惯吗？"闻邱把地球仪放到桌上，却没走。

"还好。"宋宗言回。

这两句话过后倒有些尴尬了，两人站在床边一时无话。

"睡不着的话我们聊聊天？"闻邱提议。

宋宗言没有半夜谈心的想法，但架不住闻邱赖着不动。

两人一人坐到床边，一人坐到椅子里。闻邱也不知道从何说起，便道："这地球仪是我爸爸送我的。他说在路上遇到只狗待在路中间不动，差点被撞死，他去救，地球仪就扔到了路上，最后从人家车轮底下捡回来的。"

宋宗言没想到一个地球仪背后还有这样的故事。

闻邱说："他救过很多人。"

宋宗言以前也隐约清楚他父亲是个警察，但具体的事便不太了解了，进这房子时就注意到了橱柜上摆了不少军功章："很了不起。"

"嗯，可能吧。"闻邱说。救过很多人，很了不起。但唯独没救到他自己。

这话题大约起得不太好，两人说完又沉默下来。闻邱望着那个地球仪，桌上还零乱地摆了许多乱七八糟的东西，其中几张照片最显眼。

每张照片里都有闻邱，但年纪最小的那张估计都有七八岁了。不过闻邱小时候看着很瘦，个子又矮，发育不良的模样，和现在面前这个长大后的漂亮男孩相差甚远。

方才进门后闻邱说过他的过去，但说得太模糊，此时宋宗言看着这些照片和空荡荡的房子方能体会一二。到底是什么样的过去和经历构成了他？

宋宗言发现自己并不了解闻邱，哪怕他们当了几年的好朋友。

闻邱突然一扫沉默，偏头看向他："其实地球上任何一个地方都挺近的。"

话题转得太快。宋宗言充满疑问地"嗯"了一声。

闻邱用手丈量了下地球仪，示意他："南半球跟北半球也不过这么点距离。"

"你换算下单位。"宋宗言提醒。

"那也不是很远。"闻邱坚持。

宋宗言听懂了他的话外之意："要是你觉得不远，都不是问题，那你为什么要隐瞒我？"

闻邱哑口无言，转了转椅子，跟他面对面："你生气吗？我不告诉你选学校的事。"

"你说呢？"宋宗言反问。

"对不起。"闻邱说。

"我好像只能接受。"宋宗言苦笑了下，"你这样为难我，闻邱，我很生气，但是……"

但是，一遇上闻邱，他总有那么多的但是，一次次地违背原则。

闻邱听他这么说，却好像傻了："什么？"

宋宗言看着他有些期盼又不敢相信的脸，忽然伸手拍了拍了他，温柔而有力。

闻邱立刻回应，用力地、紧紧地抓着宋宗言的肩膀。

那天上月终于陷落进了他这片暗淡无光的沼泽里。

梦里一会儿是浅海滩，一会儿是一串搁在储物柜上生灰的佛珠，或是校园里那棵枝叶形状被修剪得奇特的松柏，再是寝室床上宋宗言被月光浸染的侧脸……闻邱知道自己在做梦，光怪陆离的梦境几乎要吞噬他。他睡得很不安稳，想睁开眼睛逃离梦境，但眼皮干涩胀痛，无论如何也睁不开，嘴边不禁发出了几声闷哼。

忽然眼皮上一阵柔软的温热，额头好像也被一只温热的手轻轻抚过。杂乱的梦境如潮水缓缓退去，一切回归平静。闻邱慢慢坠入无波无澜的睡眠。

醒过来时太阳已经升起，暖烘烘炙烤着没拉上窗帘的地板。闻邱在床上晕了会儿，忽然急促地下床，往自己房间走去。

房间门大敞，被子叠得整整齐齐，无人在里面。他愣了愣，一时拿不准自己昨晚是否做了梦。但梦必然不会如此真实，更何况自己从来不会叠被子，也叠不到这么整齐。

宋宗言竟然已经走了。在闻邱升起巨大的失落感前，他看到了手机信息。宋宗言告诉他，自己家里有事，清早被叫了回去，只是闻邱还在睡，便没喊醒他。

闻邱犹存着些刚睡醒的茫然，他手指慢吞吞又重重地戳着屏幕回了句：你什么时候走的？

接着一个视频申请递了过来，闻邱手一快便接了。

他问宋宗言："你现在在哪儿？"

宋宗言答："车上，快到外婆家了。"

闻邱又问："几天能回来？"

宋宗言回："五六天。"

这么久。

闻邱那点低落没瞒过宋宗言，看着闻邱陡然变了的脸色，他安抚道："很快就回来了。"

闻邱总不能让人跳车奔回来，只能不情不愿地悻悻道："嗯。"然后他顿了顿，又补上一句，"你快点回来。"

傍晚时，闻邱的手机振个不停，储文馨急匆匆地来电："说好了今天陪我吃晚饭的！你人呢？"

闻邱还真忘了。

储文馨在他家不远的一个驾校练科目二，练得一肚子苦水，原先那稍显圆润的身材都被最近毒辣的太阳晒得缩了水。

昨天聚餐听对方大倒苦水时他确实答应过今晚跟她吃

饭。闻邱把手伸出窗外感受了下高温……现在拒绝还来得及吗？

储文馨见到人时以为闻邱疯了，否则谁会在大夏天的傍晚戴着墨镜和口罩，走在街上活脱脱像一个可疑的犯罪分子。

"你……"

闻邱打断她的话："我感冒，别传染给你。"

"撒谎！"储文馨不客气地一把掀掉他的墨镜。

储文馨嗜甜，两人吃的本帮菜，储文馨大手一挥："这顿我请客吧！咱们的录取通知书也快要寄过来了吧？"

一提这事闻邱倒不高兴了："……快了吧。"

储文馨看不出他的情绪，畅想了会儿以后的生活后发现对方好像兴致缺缺，于是也不再说。

两人天南地北地乱侃，当侃到练车苦不苦时，储文馨哭丧着脸："你看我是不是晒黑了很多？这才去三天，真一轮练下来不得晒成非洲人。"

闻邱盯了她几秒，点点头："是有点，以前像新鲜苹果肉，现在像氧化掉的苹果肉。"

储文馨隔空扇了他一下。

闻邱熬了两天，一个人待在空荡的房子里无所事事。他和宋宗言相隔几百公里，除了打电话就是发信息，宋宗言在外婆家的生活要丰富有趣得多，这一对比闻邱简直孤

独寂寞冷。

所以当收到宋宗言的信息时，闻邱精神一振。

宋宗言：这两天你有空的话，要不要过来 J 市玩？

当天凌晨他就把第二天的车票订了，暑假是旅游高峰期，J 市又是旅游业发达的城市，车票卖得很快，临时订票只订到了第二天中午的。

宋宗言问清了时间说会去接他，并且详细地告知了在哪个出站口出站、怎么走、J 市的天气，以及带什么衣服。

闻邱问："要不我再把酒店也提前订了吧？"

宋宗言说："你可以住我外婆家。"

不过第二天早上清醒过来，闻邱又把票退了，因为这两天得搬家。老房子的拆迁迫在眉睫，搬家公司也早就联系好了，翻滚了一次又一次的理智冷却下来，他想起来自己根本没时间千里迢迢奔去 J 市见宋宗言一面。

跟宋宗言一说，对方好像也有点失落，闻邱猜测他是不是不高兴了。但隔着层屏幕，对话经过千锤百炼才发出来，如何也猜不出对方的真实情绪，不禁让人生出些无可奈何。

时间一晃而过，宋宗言回来那天闻邱刚搬完家，中途装窗帘的师傅出了点岔子，忙了几天才弄好新房的各项事由。

闻邱把来暖房的邱云清跟她父母送到小区门口，邱云清不放心他一个人住大房子，来回叮嘱了好些事项，让他经常去自己家吃饭，又说前两天在家政市场找的阿姨下周就上岗……老调重弹的事儿翻来覆去地说，闻邱倒不烦，只是怕她在烈日的暴晒下受不住，催着人赶紧上车。

等人走了，他还在原地看了会儿，等车影消失在洪流中才离开。乔迁新居称得上是人生喜事，可他此时真不想回去。散发着陌生气味的房子，空空荡荡，不知一个人要在里面住多少年。

闻邱在树影下站着没动，懒洋洋的，提不起精神。他摸出手机想给人发信息，但又不知道说什么。

宋宗言应该是明天回来。这几天他们只通过短信和电话联系，闻邱事多走不开，没去J市找他，于是一直有些惶恐。

闻邱截了今天的本地天气预报发给对方：**今天好热，你那边肯定比这边凉快点吧。**

信息刚发出去，不知道什么时候会收到回信，可身后忽然有短促的铃声响了两声。

闻邱一怔，回头看去。

宋宗言被太阳晒得头发汗湿，微微冒着热气，他握着手机解释："进去要刷门禁卡，刚想找你打个电话给门卫……"

闻邱激动得无以复加，瞪着眼睛："你什么时候回来的？"

宋宗言说："一个多小时前。"

闻邱张了张嘴却没说出话，两条腿也没迈动，还是宋宗言走了过来。

路上都是来来往往的行人，闻邱眼睛亮晶晶的，问："你告诉我是明天。"

宋宗言抿了下唇，笑了下："提前回来了。"

他想了想才说："你这两天话很少。"

宋宗言刚走的那几天，闻邱恨不得一天二十四小时跟宋宗言聊天，最近两天聊天的时间却少了许多。

"因为，"闻邱顿了顿，"我怕你会……"

怕他会什么却没说了。因为宋宗言此时提前了一天站在这儿，那还有什么好怕的。

有人陪着可比孤零零一个人有意思多了。哪怕两个人闷在屋子里玩了一下午数独也其乐无穷，闻邱推开 ipad，拿起手边空掉的可乐罐晃了晃，说："没了，我去拿饮料，你还喝可乐吗？"

他前几天去超市大采购，把冰箱塞得满满当当。宋宗言无所谓喝什么，随手拿了两瓶波子汽水，汽水味道稍微有些古怪。

"你是不是要回家了？"闻邱问。天色逐渐黑下来，临近夜晚，不知不觉间他们竟然从下午两点多玩到现在。

宋宗言不想他失望，于是说："可以吃完晚饭再回去。"

闻邱顿时喜上眉梢，一把抓过 ipad 查附近的美食，嘴上倒是体贴："你妹妹不会闹起来吧？"

"嗯,"宋宗言沉吟,"有保姆在应该没事。"

宋家父母工作繁忙,妹妹一放暑假基本就是交给保姆和宋宗言照顾,况且他妹妹又是个黏人的小丫头,平时上学还好些,如今放假在家,几乎到了每步路都要黏着哥哥走的地步。

闻邱沦落到跟一个五六岁小朋友"争宠"的地步了。

晚上两人吃的淮扬菜,三个素菜却要六百多,付账时闻邱骂骂咧咧,把这家店拉进了黑名单。他俩最近的乐趣便在于此,一旦宋宗言的妹妹不黏人,两人就会见面,所幸时间充裕,足够他们一家家尝试想吃的店,然后一家家拉进黑名单。

妹妹今天很安分,保姆打来电话说她一晚上也没哭闹,吃完饭捧着果汁在沙发上看动画片。闻邱跟宋宗言得了空,又去电影院看电影,闻邱总是热衷于看恐怖片,还非拉着宋宗言一起体验恐怖。等闻邱完全尽兴了,两人才告别各回各家。

天气愈加闷热,储文馨还在和科目二做斗争,她上周五考了试,车号是7,据她说7是她的倒霉数字,结果最后还真没过。

闻邱哈哈大笑,她在手机那边问:"对了,你收到通知书了吧?咱们要不要一起摆一桌,把同学都叫上。"

通知书就放在卧室的桌上,闻邱这回没避着宋宗言,

大大方方让对方瞧见了，虽然网上早就公示了录取结果。

过去之事不再提，这是宋宗言的原则。闻邱大大地松了口气。

闻邱回道："之后再讲吧，现在都出去玩了，大部分人应该都没空。"

储文馨长长叹了口气，愤懑道："也是，本来我也要去国外的，结果学车学车学车，气死我了，再也不考了，月底就出去玩。"

闻邱挂了电话在沙发上翻了个身，空调温度调得有点低了，他扯了个抱枕盖在肚子上。宋宗言被妹妹缠住了，今天没时间跟他见面，便发了道幼儿园的益智题过来，问他题目是什么意思。

两人在线激情辩论了一番，最后痛斥出题人，出了个题干都逻辑不通的题目。

宋宗言：吃午饭了吗？

闻邱：没，准备一会儿下速冻水饺。

宋宗言：很多速冻水饺都被查出有问题。

闻邱：做饭的阿姨今天有事没来，不想出门了，那么热。

闻邱把下一句"你又不在"憋了回去。

宋宗言发出邀请：来我家吃饭？我爸妈上班不在家。

宋宗言家在十八楼。十八，好数字。闻邱不是第一次来，宋宗言开的门，见他手里还拎了礼物。

"带了什么？"宋宗言问。

"给你妹妹的。"闻邱递给他。

话音未落，一股小旋风就嗅到礼物味刮来："哇，给我的吗？"

闻邱以前见过宋家妹妹，不过显然小姑娘不记得他了，却很礼貌："谢谢哥哥。"

闻邱开玩笑："还好没叫叔叔。"

宋宗言说："怎么可能？"

宋家保姆做的菜完美避开了闻邱所有雷点，他当然清楚这一定是宋宗言提前告知的，一顿饭吃得兴致高昂。

吃完饭宋宗言出门给亲戚送东西，大约要半小时才能回来。宋宗言的妹妹挺喜欢哥哥的这位朋友，拉着闻邱陪她玩拼图和乐高。

玩了一会儿小朋友说想吃西瓜。保姆去休息了，闻邱没去打扰她，自己在厨房找到个圆润的西瓜，准备切开时他问小朋友要吃多少，小朋友昂着头声音又脆又甜："哥哥，你养过猫咪吗？"

闻邱很茫然："没有。"

她煞有介事道："我吃猫咪吃的那么多就可以了。"

闻邱：……

宋宗言回来时他俩正在餐桌上吃西瓜，妹妹整个脸都埋在了瓜里，身前的围兜上沾满红色汁水。宋宗言看着生无可恋往嘴里塞西瓜的闻邱，说："你不是不吃西瓜吗？"

闻邱用眼神指了指宋家的小魔女："她要跟我比赛谁先吃完。"

宋宗言明白闻邱这是驾驭不住自己妹妹了，他也没料到闻邱能被个小女孩治住，一边忍不住笑意，一边拿过他手里还剩一大半的西瓜："我帮闻邱哥哥吃。行不行，念念？"

"不行，"念念从西瓜里抬起头，一嘴的红色，奶声奶气道，"哥哥帮我吃。"

最终这两人剩下的西瓜都是宋宗言吃掉的。

闻邱算是意识到小孩子的可怕了，特别是这种五六岁精力无限的小孩子，陪玩一个小时以上基本成了折磨。难得宋宗言如此有耐心。

闻邱决定去吃个冰激凌冷静下，宋宗言趁着念念一个人搭积木搭得入神时悄悄带他去了厨房。

宋宗言说："别被她看到，不然也得闹着要吃。"

闻邱盯着他，说："你以后大概会是个好爸爸。"

宋宗言回头看他一眼，笑了下："你喜欢小孩子吗？"

闻邱一扬眉，倒是实话实说："不太喜欢。"

"嗯，"宋宗言点点头，去翻找冰激凌，"要吃多少？"

一大桶冰激凌总不能一口气吃完。闻邱看了一眼，忽然捏起嗓子问："哥哥，你养过猫咪吗？"

宋宗言去拿勺子的手一抖，憋着笑："你……"

闻邱说："我吃猫咪吃的那么多就可以了。"

宋宗言挖了个圆球放进盒子里："跟念念学的？"

闻邱露出难以言喻的表情："小女孩太厉害了。所以你家是养过猫吗？"

"没有，我外婆家有一只，她见过。"

"什么样的？"

"我没发照片给你吗？"

闻邱正色，问他："没有，你是不是把我跟谁弄混了？"

宋宗言显然理不亏气很壮："我记错了？"

翻了手机才发现是之前在 J 市时有一阵子信号不好，照片没发出去。闻邱顺势去翻他手机里的图片，用了一两年的手机，照片却屈指可数。唯独最近这段时间照片数量直线上涨，全是他给闻邱发过的，是为分享。

这大约是闻邱记忆里过得最快乐也最快的夏天。跟宋宗言在一起总有无数的事情想做，哪怕是无所事事闲逛也出奇快乐。

只是快乐短暂，分离长久。一眨眼暑假结束，九月近在眼前。

千逃万避，临到头了也不得不面对马上要开学的事实。宋宗言早一天走，前一晚闻邱连饭都没吃好，那些个河鲜海虾没一个能尝出味来，仿佛嚼蜡。

出了餐厅，闻邱问："你明天几点的飞机？"

宋宗言回答："八点十二。"

"这么早。"

"嗯，买的时候只剩这个点的了。"

闻邱越发提不起精神，又想跟他多相处会儿，便提议："那再逛逛吧，晚上吃多了。"

他晚上根本没吃几口，宋宗言又不是没长眼睛，但一念及明天就要开学，以后就要相隔几百公里的距离，哪怕是宋宗言也有些怅然，于是跟着揣着明白装糊涂："嗯，再逛逛。"

他俩把一条街来回走了五遍，沿街商家都忍不住拿奇怪的眼神望着他们。闻邱去看商业楼上的钟表，时针已经指向晚上十一点了，再逛下去天都得亮了。

两人先打车回闻邱家，宋宗言再自己一个人回去。一路上闻邱话更少了，心情一看便知。路边琉璃灯火在他脸上时明时暗，映成了孤寂的神色。

"到了。"司机提醒。

闻邱看见熟悉的小区门口，去开车门，又偏头看了眼宋宗言："那我先回去了。"

但闻邱没马上下车，直到司机先忍不住开口："你下不下车啊？"

"下。"宋宗言替他回复。

闻邱只好下车，他才出来，宋宗言也跟着钻了出来。

"你怎么也下来了？"闻邱惊讶。

宋宗言付了车费，看他一眼，笑道："再待一会儿。"

闻邱怔怔地望着他:"宋宗言,我好像后悔了。"

余余吉跟他说这边的鳗鱼饭很好吃，他就连两天都等不了了。

第七章

等待
Waiting

Deng Dai

等待 Waiting

第七章

兵荒马乱的新学期就此拉开序幕。

开始几天真的忙到脚不沾地,报道完就是军训,九月初的烈日余威不减,学生们叫苦不迭。晚上还有夜训,回寝室都快十点了。闻邱趴在床上给宋宗言发他被晒脱皮的脸:"你看看,可不可怜?"

还好宋宗言不是幸灾乐祸的人,他们学校要等十一后才军训,不过首都这会儿也不算太热了。

宋宗言问:"你不是说找了校医开病假条吗?"

闻邱叹道:"别提了。"

他跟张封阳顶着"地头蛇"的便利在军训第三天央求校医开了病假条,被教官特批回宿舍休养。结果张封阳非要拉着他玩桌游,又凑了两个不认识的"病号",四个人在男生宿舍里玩得不亦乐乎时被查寝的教官直接逮回了操场。

宋宗言直笑："张封阳不是一直运气不好吗？你还跟他一起。"

之前张封阳的狗屎运就是个人尽皆知的嘲点。

闻邱哈哈大笑，说："是啊，我真的马失前蹄。"然后跟他大谈张封阳这人倒过的霉运。

末了却又叹气，轻声道："要是你在就好了，你可是我的幸运男神。"

宋宗言笑了一下："还是第一次听说。"

"每次跟你出门，抽奖都能抽到，这还不是幸运男神。"闻邱道。

"我也想。"过了片刻，那边的人忽然回了句奇怪的话。

闻邱没明白他说想什么，于是疑问地"嗯"了一声。

过了几秒才轰地反应过来，宋宗言在回答他的上一句话——"要是你在就好了"。

他们各自在忙碌中开启了新的人生篇章。

闻邱以前看过一个电影，里头有句台词说：思念像一条在草上爬行的蛇。

他没多少文艺细胞，初听只觉得这比喻来得莫名其妙。但在这沉默的思念里，他才恍然大悟。

9月28日下午宋宗言只有两节课，四点多就回宿舍写作业了。写到一半闻邱打来电话，兴高采烈地问："吃晚饭了没？"

宋宗言看了看表，才五点出头："没。"

闻邱道："你不是说你们学校后面那家日料店好吃吗，我提前预订了一份味噌汤跟鳗鱼饭给你。快去拿吧，应该做好了。"

宋宗言说："这么早。"

他们最近经常给对方点饭，不提前征询对方意见，到了饭点才能收到未知的外卖或者自己到店取餐的通知。

"不是你说的这家店人多。"闻邱赶鸭子上架般地催促，"首都人口膨胀，饭点全得排队，你快去拿！"

宋宗言一边跟他打电话一边穿外套，顺便告诉舍友今晚自己单独吃，不用喊他。

学校附近的日料店不难找，大约走了一刻钟便能远远看见招牌。电话还没挂，宋宗言告诉他："我快到了。"

闻邱说："我看到了。"

宋宗言疑惑了："嗯？"

闻邱道："我说我看到了。"

宋宗言迟疑了一瞬："什么？"

"回头。"他肩膀被人从后面大力地拍了一下，那人笑得灿烂，"Hello！帅哥来领晚餐吗？"

宋宗言半回过头去，难得愣怔："……闻邱？"

闻邱正活生生站在他眼前，脸上全是抑制不住的笑："是不是一个大惊喜？"

宋宗言被惊喜砸晕了："你怎么会来？"

闻邱背着个双肩包，一派坦然："想来就来了。"

距离十一放假就剩两天了，可他心急如焚，宋宗言在微信上跟他说这边的日料店里鳗鱼饭多好吃多好吃后，他就连两天都等不了了。

两个人站在街边傻愣愣地对视，闻邱先受不了："我们先吃饭吧，我中午赶飞机没顾上吃饭，现在快饿死了。"

宋宗言赶忙卸下他沉重的双肩包自己背着："你没提前告诉我。"

"不提前告诉才叫惊喜。"闻邱得意地笑，"你不高兴吗？"

宋宗言嘴巴抿成一条线却也按捺不住喜悦："提前告诉我，我去机场接你，还有宾馆……"

"我订好了！"闻邱抢先回答，"来的路上就订好了，就在附近。本来想直接进学校找你的，但没进得去，你们学校管得真严。"

两个人边说边进了日料店。

"你放假了？"宋宗言问。

店里提供大麦茶，宋宗言礼貌地让服务员换成白开水，因为闻邱不喝麦茶。

"没有，下午有一节英语课。"他们军训上周已经结束，开始上课了。闻邱盘腿坐好，觑他脸色，抢先把话说在前头，"你别讲什么不能逃课这种话！"

宋宗言：……

他是这么煞风景的人吗?

宋宗言第二天还有课,闻邱本来想跟他一起去上课,但苦于昨天长途跋涉,眼下实在没精力从被子里爬起来。

闻邱一觉睡到中午,他终于从被子里爬出来,宋宗言下午也有课,他神采奕奕地跟着宋宗言去蹭了节公共课。他俩踩着点进教室,找了个人少的角落坐下来。倒是宋宗言的室友和相熟的同学看见他带了脸生的人来上课,从四面八方挤着眼想八卦。可惜刚下课他俩又迅速溜出教室,愣是没给人机会。

秋高气爽,出了教室天色尚早,树木高耸入云,这个时节树叶还未落完,依然郁郁葱葱一片,遮挡住苍穹。

闻邱说要逛逛他们学校,于是宋宗言做导游。

各大高校其实大同小异,不过几幢有历史有特色的教学楼有些意思。宋宗言他们学校最大的特点是"大",逛了大半个校园便累得够呛。

"腿疼了。"闻邱坐在椅子上,把手上的矿泉水递给宋宗言,低着头刷他们学校论坛,"你们每周还有电影放映活动吗?周四?今天不就是周四。"

"嗯,但我还没去看过,要去看看吗?"宋宗言拧开盖子喝了口水。

"可以啊。"

"有点远,在最开始我们走过来的那个地方……"

远是真的远，宋宗言想了想，租了两辆自行车。

闻邱看着那两辆并排的青绿色自行车："……我腿疼。"

宋宗言迟疑了几秒："我载你？"

闻邱不好意思说的是，他不会骑车。更小一点时没人看顾他，于是没机会学。小学毕业前在同学撺掇下学了一回，结果在一堆人的追逐和目送下一头撞进了垃圾桶里，自此再没脸学了。

这段丢脸的黑历史，他实在不好意思在宋宗言面前袒露。

"载得动吗？"闻邱尝试着在后座坐下，自行车艰难启动，车头晃得厉害，"喂，行不行啊？"

脚踏板又涩又重，宋宗言慌了一下才勉强把正车龙头："你别乱动，脚也别踩地。"

"不踩地我害怕，"闻邱叫道，"而且我腿长，这又不能怪我。"

宋宗言：……

车以Z字形在道上行驶，过往学生见到这一幕纷纷侧目："哎，别撞到树上啦！"

在惊呼声中，宋宗言在骑了一段距离后终于稳定下来，闻邱被颠得胆战心惊："颠死我了，你找好点的路行不行？"

宋宗言说："行。"

天色渐晚，大树将唯一的光亮也挡在了叶片间，路灯还未亮起，一切事物都笼上一层暗色滤镜，连过路人的人

影都变得十分朦胧。

鳞次栉比的高楼、宽阔的操场和看台、茂密的树丛、形色各异的路人……都是寻常景色而已，但这是宋宗言上学的地方。闻邱看得很认真，仿佛看过一遍就能经历上一遍——宋宗言或许曾在这个石椅上坐着看过书，曾在那片草地上晒过太阳，曾在远处的水龙头下洗过手……

闻邱坐在自行车后座，宋宗言的白衬衫被风吹得鼓鼓囊囊，他忍不住伸手按了按。

"现在像不像一部电影？"闻邱的声音在后座响起。

"什么？"宋宗言的声音由风传递过来，他的注意力被闻邱分散，没把好龙头，自行车顿时左摇右晃，他手忙脚乱好半天才稳住，累出一身汗。闻邱坐在后面没心没肺地笑。

不过他俩最终没看成放映的电影，因为闻邱看的是过期帖子，这周临近假期，放映时间提早一天，昨天就已经结束。

两人只好转道去食堂吃饭，然后闻邱花了上千字描述了他们食堂那道西葫芦炒芹菜的口味有多奇葩。宋宗言一边听一边笑，食堂还是往日里人声鼎沸的模样，他通常很少说话，吃完了就走，可此刻这烟火气也变得生动，在对面人的喋喋不休里，一顿寻常的饭好似鲜活起来。

"嗨。"忽然一道声音打断了闻邱的话。

闻邱立即闭上嘴抬头看去，一个女生绕过几张桌子坐到宋宗言旁边："不介意一起吃吧？"

宋宗言说："没事。"

那女生似乎与他相熟，看向闻邱："你朋友？没见过，哪个系的？"

"以前的同学。"宋宗言看了一眼闻邱。

"哦，不是我们学校的？"那姑娘落落大方一伸手，"你好，我叫尤静文。"

"闻邱。"闻邱看了她一眼，她长相明艳，秋水剪瞳，漂亮得非常具有攻击性，和夏云娇不同——夏云娇傲气有余、妩媚不足，"你跟宋宗言是同学？"

"不是，我们入了学生会才认识，"尤静文笑了笑，"我是英语系的。"

闻邱"哦"了一声。

尤静文不认识他，两人也没什么话聊，尤静文便又和宋宗言聊了起来，活动和学长学姐之类的。

"明天一起走吗？"她打了一份饭，但几乎没动几口。

"准备晚上跟你说的，我明天不回去，要晚几天再走。"宋宗言说。

"怎么了？"

"陪他在首都玩几天。"

"他不在首都上学吗？"尤静文这才又看向闻邱。

"不在。"宋宗言说。

尤静文与闻邱不熟，也没刻意再问下去，只是遗憾地

表示:"那就不能一起回去了,等回来的时候再一道吧。"

待人走了,闻邱才捣了捣那一粒粒硬如石子的米饭:"宋宗言,这才开学多久,你竟然就招惹上桃花了。"

宋宗言失笑:"怎么可能?"

闻邱用手比了个望远镜放在眼前:"我慧眼如炬,肯定不会看错。你们都约着一起回家了?"

宋宗言解释:"她姑妈家在那边,说很久没去过了,十一放假过去玩几天。"

闻邱惊呼:"你连人家姑妈家在哪儿都了解了。"

宋宗言不理会他的故意找碴儿,拿筷子敲了敲他的碗沿:"吃饭。"

闻邱在首都玩了三天半,十月二号才回去。飞机晚点,晚上八点多才下飞机,他们在机场外等车。刚下过一场秋雨,夜里有点凉。闻邱低头在宋宗言的背包里找外套,一辆车疾驰而过,地面的积水溅起,宋宗言立刻拉着他往后退了一步。

"宗言!"一个女人突然走近。

"妈。"宋宗言喊了一声。

"你不是说明天才回来?"来的人竟是宋母,"哎,闻邱。"宋母是来机场送客户的,没想到正好碰上自己儿子。

"这么多人你怎么看到我的?"宋宗言把行李抬到后备厢。

"你是我儿子，化成灰我也能一眼认出来。"宋母不无骄傲道，"对了，你说有同学去首都找你玩儿，原来是闻邱啊。"

"嗯。正好这几天没事，去首都玩了一趟。"闻邱笑了下。

"你现在就在本地上学吧？"宋母启动车，开玩笑道，"其实去首都也不错啊，跟我们家宗言在一处多好，还能有个照应。"

"妈，开个窗，有烟味。"宋宗言说。

"刚刚客户抽烟留下的。"宋母也皱了皱眉，"你俩吃饭了吗？"

"没。"宋宗言回答。

"那回家吃吧，"宋母从后视镜看了眼闻邱，"闻邱也一起来，好久没来阿姨家吃饭了吧。"

"我回家，等会儿阿姨进了市区把我放下来就行。"闻邱说。

可宋母太热情，压根没给他机会下车，直接把人带到了自己家。

进电梯时宋母又问宋宗言："你不是说要明天才能回来吗？怎么没带闻邱在首都多玩几天？"

"我过敏。"闻邱自己回答，"好像有点水土不服，就提前回来了。"

电梯里光线亮了些，宋母这才注意到闻邱泛红的脸和脖子："哎呀，这过敏挺严重的。查过敏原了没有？"

"没有，应该没什么事。"

"那也得去看看，药吃的哪种？"

宋母虽不是医生，但大学学的临床医学，基础知识记得还算牢固。到了家给闻邱找了新的药，嘱咐阿姨做饭时哪些要忌口。

关怀备至。

宋宗言的爸爸晚上没回来，饭桌上只有四个人。宋母热情好客，但分寸掌握得好，不像有些家长钟情于夹菜。

"三十号的时候宗言给我打电话，说朋友到首都找他玩，得晚几天回来，我想是谁呢，他还神神秘秘的，不肯说。"宋母拉开话匣子，"亏我还跟他爸爸讲，恐怕是恋爱了。看来是我猜错了。"

念念什么也没听懂，却起哄："哥哥恋爱！恋爱！"

宋母去拦她乱挥舞的手，又对闻邱笑言："不过现在的孩子谈恋爱了也不会跟家长说，反而是你们这些好朋友知道的多些。"

她儿子鲜少与家长交心，所以她也只能在这时旁敲侧击聊了聊他的私事。

闻邱用余光瞥见宋宗言的筷子不小心磕了下碗沿，他笑起来："没有，阿姨，我没听宋宗言讲他有喜欢的女孩子。"

十一假期飞快过去，宋宗言回首都那天宋母亲自送他去机场。

闻邱有事不方便去送，在家看着时间一分分过去时，他突然从沙发上跳起来，"噼里啪啦"打字：尤静文还是文静，是不是跟你一起去学校？

宋宗言准备登机了，手机"叮咚"一响，他看完信息后又看了眼旁边的女生，没隐瞒：嗯。

闻邱：你别对人家太殷勤，让人误会就不好了。

宋宗言：我为什么要对她殷勤？

虽然是个问句，但闻邱挺满意这个回答。

雨季悠悠来临，冬至前那阵子气温骤降，闻邱又跑去首都找宋宗言玩了一趟，回来后却开始高烧不退，反反复复病了一周。他裹着被子躺在寝室跟宋宗言抱怨，说首都这地方恐怕是与自己八字不合，每次去一趟回来，不是过敏就是高烧。

张封阳得知他病情过重，特地携着美食前来慰问。可病患挑三拣四，说自己不喝甜粥也不喝咸粥。

张封阳咬牙切齿道："那你喝什么粥？"

"白粥吧。"他压根就不爱喝粥。

"还烧不？"张封阳摸他脑门。

"三十九度。"闻邱说。

"能自己下楼打饭不？"

"不能。"

"那你没得挑。"张封阳摸了条凳子坐下，把两份粥摆

在桌上,"亏我知道你挑剔,特地买了两份不一样的。"

闻邱掀开被子下床,他套了件外套,挑了份皮蛋瘦肉粥喝。

张封阳自动拨走另一份吃起来。

闻邱没吃几口就没了胃口,张封阳装模作样叹气:"谁叫咱都不是宋宗言呢,没那么了解你。"

闻邱感到稀奇:"什么意思?"

张封阳说:"你一个眼神宋宗言就知道你爱吃什么不爱吃什么了。记不记得咱们有一年暑假去野外烧烤,他连你烤串要吃几成熟撒多少孜然辣椒都知道。"

说着张封阳又忧愁道:"说起宋宗言,不知道夏云娇跟他成没成,宋宗言这种人当男朋友应该还是蛮靠谱的,女神也不算一朵鲜花插在牛粪上。"

张封阳对夏云娇起过心思,不过太短暂,很快他就非常有自知之明地退却了。

闻邱:……

桌子旁边放着的手机一直没收到宋宗言的信息,闻邱把手机打开又关上。

不知道从什么时候开始,他们都逐渐忙了起来。

大学里卧虎藏龙,任你天资再高,也人外有人。闻邱还好,他对待学习本就不上心,也没想在学校里画出浓墨重彩的一笔,能泯然于众人未尝不是好事。但宋宗言不是,他从小就是天之骄子,活在别的家长口中,首都那么大,

一所高校里也是人才辈出，他得比之前更用功、更用心，甚至还要花时间经营人际关系，参加无数活动。

　　宋宗言开始没法及时回复信息，而话题也总是那么几个，比如今天吃了什么，对话框都显得乏味起来。

　　喝完粥没一会儿，张封阳就被储文馨一通电话叫走了，储文馨买了两箱牛奶，现在在快递点一筹莫展，张封阳边损她边跟闻邱道别。

　　闻邱把桌子收拾干净，又躺回床上，他被烧得浑身刺疼，呵出的气息滚烫。手机"叮咚"一响，宋宗言终于回了信息：

记得四小时喝一次退烧药。

　　闻邱恹恹地回复：嗯，知道。

　　一连好些天天气阴沉，被子被回潮天弄得都快发霉了。

　　闻邱病好以后又是条生龙活虎的好汉，如果不是宋宗言劝阻，他还打算参加校游泳队组织的冬泳活动。

　　冬至是闻邱的生日，宋宗言和他一合计，发现两人还没单独出去旅游过，于是仓促定了计划，决定冬至那天在H市集合，来个短暂的三日半游。

　　结果H市之行前两天，12月20日时，宋宗言那边出了岔子，临时被事绊住脚。他在视频电话里道歉，口吻温和地保证自己这边的考试结束立刻就赶过去，只不过要迟一天。

　　迟一天，生日就过去了，那还有什么意义。

闻邱看着屏幕里的那个人，忽然涌起剧烈的失望，他迅速挂掉视频，一道白光闪过，还在说话的宋宗言突然消失在屏幕里。

　　闻邱深吸了一口气，面对面的交谈很容易克制不住情绪和话语，他不想因此与宋宗言吵起来，毕竟对方有他的不得已。可他又很想发火，谁被放了鸽子都不会开心，谁又能熬过一场空欢喜。

　　他心底那些不安和躁动又浮上来了。

　　宋宗言知道他不高兴了，便没再打过来触霉头，改成了发消息。闻邱翻出手机来，看了半晌还是回了过去。

　　打字有思考的时间，文字总是捡动听的发。闻邱慢吞吞按着键盘，尽量冷静道：**你让我静静。**

　　说静静，宋宗言便真的不再打扰。闻邱翻了个身躺在床上，他今天回了家，屋子空荡荡的，一转脸就看见一台地球仪静静立在桌上。

　　不过那么点距离而已，这是他自己说过的话。

　　这一静便静了一晚。第二天早上醒来手机也无异动，闻邱快气笑了，他习惯每天早上给对方发天气预报，今早也不例外，21号当天的天气预报显示首都有雪。尽管昨晚不欢而散，但闻邱还是把这条天气预报发了过去。

　　可发过去半天那边都没回应，这段时间等待回信成为常态，忙碌的学生确实没时间一天二十四小时盯着手机，闻邱可以理解。

半小时后，宋宗言回复：嗯，明天首都好像要下雪。吃早饭了吗？

闻邱：吃了鱼汤面。

宋宗言：不在食堂吃的？

闻邱：不在，上午的课比较晚，我昨晚回家住的。

宋宗言：嗯，西街那家的鱼汤面？

闻邱感到无趣：我早饭都消化完了，我们还在聊这个话题。

宋宗言从善如流：生日礼物是提前寄给你还是我带去H市？

闻邱好不容易才做好心理建设不去想对方要晚一天去H市的事，现下差点一口气没上来：随便你。

宋宗言：那我现在寄给你吧，估计明天上午能到，你下午的飞机去H市，正好能收到。

闻邱：我更想你能在生日当天亲自送给我。

宋宗言：我也想。

言语并不能安慰到闻邱，他反而觉得敷衍。说得再好听却做不到，又有什么用。他更希望能在冬至那天见到宋宗言。

闻邱看着聊天的时间间隔：你回消息能快点吗？半小时回一次，我连聊天的欲望都没了。

宋宗言发了个摸摸头的表情包：在忙。

闻邱：那等你不忙了，腾出工夫了，再搭理我吧。

宋宗言或许真的在忙，直到午饭时才回复：忙不忙都会搭理你。

闻邱看着这话只觉得无奈。他不愿显得斤斤计较，可此时就像被一块湿抹布堵住了胸口，大脑都因缺氧开始嗡鸣起来：我真的不知道你在忙什么。我也很忙，但每次总是第一时间回你的消息。

宋宗言大约真的不知道怎么回，聊天框上方的"正在输入中"显示了一分多钟，最后宋宗言发了一句：辛苦了。

闻邱负气：下次换我不回你消息，让你每句聊天都等半小时，你体会下是什么滋味。

宋宗言：嗯，好。

他可能压根不知道闻邱真的在生气。

闻邱无法形容自己的心情，他像忽然被点爆的气筒：你别什么都好，哪里好了？你知道我现在在生气吗？知道我多在意你要晚一点去H市吗？你什么都不知道。

宋宗言收到这么一大段话倒是有些慌了：我知道，你不高兴。如果你生气了，我道歉。

宋宗言没等到回复。

这之后宋宗言又给闻邱发了好几条信息，他顺手点开置顶聊天，但对方似乎真的生了气，第一次没有回他的消息。

他才知道等待确实不是什么好滋味。

遥远的湖面与天际连成一线，少年人无畏的笑容点亮了这波澜壮阔的湖光景色。

第八章

旅行
Travel

Lv ✉ Xing

旅行

Travel

第八章

　　A 大附近有条河，不长不宽，冬至当晚虽然天冷，却依然有不少学生在河边散步。

　　张封阳看着储文馨白花花的腿，牙酸道："你不冷啊？"

　　储文馨兴奋道："今年买的光腿神器效果不错啊！你这都看不出来？"

　　张封阳后知后觉，想靠近点看："哦，穿了裤子的。"

　　储文馨往旁边一蹦，大骂："耍流氓吗你！"

　　张封阳嫌她大惊小怪，心想我乐意吃你豆腐吗："大小姐，你这么晚把我叫出来就是吹风的？快要到门禁时间了。"

　　储文馨道："今天不是冬至嘛，我突然想起来没吃饺子，又点了份夜宵，刚吃完怕长胖，拉你出来消消食。"

　　张封阳正要说她没事找事，手机先响了。

　　电话那边的人是宋宗言，问他能不能联系上闻邱，声音里藏着微不可察的急切，站在一旁的储文馨都听见了。

张封阳一怔，说等一下，然后示意储文馨联系闻邱。

储文馨狐疑地拨通了闻邱的电话，对方却关机了。

她摇摇头。

张封阳说："没联系上，可能手机没电了吧，怎么了？"

宋宗言在电话那边没有过多解释，微微叹气："你在学校吗？方便的话我现在过来找你。"

电话挂断以后，张封阳握着手机跟储文馨在冷风中大眼瞪小眼。

储文馨挑眉道："什么情况啊？"

他俩在学校附近的奶茶店坐着等人，不多时，宋宗言便围着围巾背着书包出现在店门口。张封阳从椅子上站起来招了招手："你怎么回来了？"

宋宗言回来正常，但……张封阳往窗外一看，正是天寒地冻的雪天。

宋宗言脚底沾着雪水走进来，头发和肩上也微微湿润，一副风尘仆仆的模样，一走进来便说："我找闻邱，你知道他宿舍在哪儿吗？"

张封阳和储文馨对视一眼。

闻邱不在宿舍。舍友已经睡下，被吵醒后不耐烦地说闻邱今晚不在宿舍，可能是回家了。

本地人就是这点好，想回家便回家。

张封阳道过谢，奔去宿舍楼底下的铁门边上，因为到了门禁时间，宋宗言进不来，只能在门外等。

张封阳传话："他室友说他今晚好像回家了，都这个点了，闻邱可能是睡了，你……"

"谢谢，你回去休息吧，"宋宗言礼貌道，"我去他家看看。"

冬夜寂静，雪只在白天下了一会儿，天黑便停了。闻邱疲惫地往电梯里走，身上还带着医院消毒水的气味，熏得他精神恹恹。

他的手机一早就关了机，和宋宗言吵了一架——好像也不算吵，只是他单方面地发了通脾气后便关机了。不知道宋宗言后来有没有找过他。

他犹豫着要不要开机，手指漫无目的地按了几下，电梯一层层往上，手机屏幕刚亮起来，电梯也应声而开。

闻邱准备踏出去的脚忽而顿住，视野里，电梯正对的门口正蹲着一个人。

宋宗言平时挺拔的身体此时正微微缩起来，深夜气温低，宋宗言被冻得浑身僵硬。他听到电梯声立即抬起头来，正巧与闻邱的目光撞上。

宋宗言看见了那张熟悉的脸，当下便松了口气。闻邱也一眼看到他，木讷地站在原地，差点被电梯夹住。他不可置信地盯着蹲在那儿的男孩，一时忘了有所反应。

寂静被不停歇的"叮咚"声打破，闻邱心一跳，是开了机的手机响了好多声，他下意识低头去看，跳出来的界面全是同一个人的消息对话框——许多条。

宋宗言靠着墙站起来："给你发了信息，你没回。"

闻邱攥着手机："你也经常不回我信息。"

宋宗言说："我每次都回。"

闻邱却较真："半小时、一小时后再回。"

宋宗言默然，半晌才说："……那你也不能关机关一整天，我找不到你一直很担心。去了你学校，张封阳也打不通你的电话。"

"我没想……"闻邱听他说担心自己，忍不住便要解释，可话出口又闭上了嘴。

他没想关机一整天，可每次要开机时又踌躇不安。宋宗言找他了他会高兴，但又怕自己继续跟他发脾气。宋宗言要是没找他，那他可能会疯掉。

这些情绪根本无法说出口，他僵硬地转了话题："你去了我学校？"

"不知道你会在哪儿，"宋宗言身上被雪浸湿的衣服还没干透，正丝丝缕缕散发着湿冷，"你室友说你回家了，但我来时没人，一直在想你会不会去了H市。"

"我要是去了H市你怎么办？"闻邱问。

"坐明天一早的飞机去找你。"宋宗言答。

"你不是说今晚有事吗？怎么又有空了？"闻邱过了一会儿又问。

"本来有考试，提前交卷了。"宋宗言一手拉着包带，"坐高铁来的，去 H 市只能坐飞机，来不及。"

闻邱默不作声。

宋宗言看着他，温柔地笑了下："今天是你生日，生日快乐还是应该当面说。"

闻邱张了张口却没说出话来。虽然之前两人吵了架，他气得关了机，可他不觉得委屈，但此时宋宗言为了他冒着风雪赶回来祝他生日快乐，他却奇怪地生出了点委屈的情绪。

他按亮手机，反过来对着宋宗言，屏幕上显示午夜 1 点 06 分。

闻邱忍住鼻酸说："已经过了时间。"

宋宗言也无措了下："对不起。"

闻邱收回手机，拇指无意识地摩挲曲面屏："你不用道歉，你没什么错。"

是他回来晚了，如果不怄气好好说话，也许他们早就找到折中的方法，能赶在 12 点前见一面，过一个仓促但愉快的生日。

宋宗言说："但你不高兴了。"

他话音才落，头顶的灯忽然灭了，走廊上顿时陷入一片黑暗。这不是感应灯，开关在墙壁上，宋宗言正摸索着要去按开关，闻邱出声阻止："别开。"

宋宗言的手又慢慢放了回去："闻邱。"他在黑暗里喊他的名字。

"我不高兴是我的问题。"过了一会儿，闻邱的声音响起来，好像微微发着抖，"是我在胡思乱想，想你也许有了新朋友，你不需要我了，你回消息稍微慢点我就会难以忍受。"

宋宗言口笨舌拙，只能"嗯"一声，以示他在听。

"但你不会这样，"闻邱在黑暗里去看他的眼睛，"你可能永远都体会不到这种心情。"

光是想到这一点，闻邱便忍不住心底躁动不安的情绪。

"我现在知道了，"宋宗言说，"你一天没回消息不接电话，闻邱，我也很着急，很担心。"

他语气急切，就怕闻邱不肯相信。

闻邱瞪着他，忽然绷不住了。

"啪嗒"一声，闻邱重重把灯拍亮，两人在陡然亮起的光线里无处遁形。

闻邱忍不住笑了出来，他想找回场子："我不想笑的。"

闻邱咬着嘴唇更加憋不住笑意。吵架吵到笑出来，实在没出息。

宋宗言试探着走近一步，说："等待的滋味不好受，所以我也会难过。"

联系不上闻邱，他连应付考试都没了心思。或许是一直以来闻邱永远都在他触手可及的地方，他才后知后觉原来等待会令他焦躁不安、惶恐又冲动。

闻邱问："你在这儿等多久了？"

宋宗言说："一个小时。"

闻邱有些心疼了："冷不冷？"

宋宗言带着鼻音回答他："冷。"

室内暖气充裕，一进门身上的冰霜就化成了水。宋宗言挨了一晚冻，洗了个热水澡才堪堪恢复知觉。闻邱先他一步洗好，在床边看手机上的信息和未接来电，多是宋宗言的。

开始是告诉他快递到了记得签收，又问怎么没去取快递，最后是重复的问句：你在哪儿？

宋宗言从浴室出来，见闻邱在客厅等他。

"礼物没拿到。"闻邱不无遗憾道，"还在学校代收点。"

"明天去拿。"宋宗言说。

"嗯。"闻邱点头。

"你今晚去哪儿了？"宋宗言这时才问起。

闻邱僵了一瞬，才慢慢放松："云姐，你知道的那个，她出了点事。"

本来今天闻邱要去H市，但计划临时变更，没去成。他晚上自己去外面吃了饭，买了块蛋糕，聊胜于无地过了个生日。

晚上九点多,闻邱忽然接到邱云清的电话,对方夜里睡不着,自己一个人出来解闷,结果被一只大型犬扑翻在了轮椅上。

狗主人是个蛮横的中年男人,别说负责任,没指着鼻子倒打一耙就算不错了。邱云清的父母今晚也不在家,她一时无人可找。

她不知道闻邱本来打算今天去H市,只当他今夜要与同学庆祝生日,把人喊来时一个劲地道歉,说耽误他跟同学在一起过生日了。

闻邱急匆匆地赶过去,以为她出了什么大事,吓得寒天里出了一身冷汗,见人坐在那儿,一颗心都吞回了肚子里:"没事,云姐你没事就好。"

闻邱带邱云清去医院,找物业,找狗主人理论,一晚上忙碌得他大脑都肿胀了。那一刻他无比想念宋宗言,可对方在百里之外,不会出现在他面前。

然而他想错了。

宋宗言听他说今晚的忙碌,安慰道:"没事就好。"

闻邱说:"嗯。"

这几天闻邱其实经常后悔,想着当初要是自私一点直接跟宋宗言一起去首都就好了。可当他赶到邱云清身边时，他又庆幸，庆幸自己能第一时间帮上忙。

任何事都是有舍有得，他不能太贪心。

H市之行最终泡汤，但解开心结的两人开开心心地过了一个周末。

宋宗言回首都时，闻邱把他送去了机场。生活回归正轨，两人又各自忙碌起来。

晚饭点早过了，食堂几乎看不见学生。闻邱刚从校游泳队训练回来，路过食堂时进去买了份鸡蛋煎饼，不要鸡蛋、葱、蒜、生菜和辣椒。

他一只胳膊夹着书，握着烫手的煎饼往宿舍楼走。宋宗言说自己今晚有学生会聚餐，不方便听语音，闻邱只能艰难地用一只手打字。

闻邱：今晚打游戏吗？

宋宗言：晚一点，十点左右。

年轻的男孩儿抵挡不了游戏的诱惑，大多业余时间都在游戏中消磨。闻邱本来对这些没什么兴趣，只是在舍友的耳濡目染之下偶然玩玩。但他最近发现，和宋宗言一起在游戏里闯关做任务还挺有意思的，很新鲜。

张封阳是个游戏狂魔，三人时常开黑，玩的是一款当下流行的逃生游戏。然而闻邱与宋宗言都是新手，游戏水平一般，王者带俩青铜，导致张封阳偶尔打上头了总要骂他俩是菜鸟。

闻邱按捺脾气不与他争辩，忍了又忍，只在张封阳碎碎念个不停时悄悄给宋宗言发私聊，一个滴血菜刀的表情。

宋宗言也立即回了个滴血的菜刀。

闻邱没忍住哈哈大笑，张封阳被他吓一跳，说你笑什么。

大家都常发的表情而已，但宋宗言发出来闻邱便觉得非常可爱，不自觉脑补对方挥舞菜刀去揍张封阳的画面。

天气越发冷，雪下了两三回后，第一个学期终于结束了。两人的旅行在寒假提上日程，这回总算没出意外。闻邱放假比宋宗言晚一周，趁着春节前两人跑去了 Q 省。

冬季不是 Q 省旅游的最佳季节，出了机场他俩便开始怀疑人生。

闻邱抱着胳膊抖如筛糠："我们为什么要在这么冷冷冷的天来这儿？"

宋宗言回："不知知道道道。"

他们看了一眼对方被冻得不行了的糗样，同时爆发出无情的嘲笑，然后一大口冰凉的寒霜呛进了嗓子里。

闻邱、宋宗言：……

这趟旅行受苦受累又受冷，两人在第一夜便吵了起来，两人纷纷指责对方，并追究到底是谁提议来这儿的，最终

没争出结果,只好靠在炉子前取暖。

第一天他们在 X 市转了一圈,天气冷得掉冰碴子,闻邱走哪儿都打战。好在午后出了点太阳,聊胜于无地带来了一点暖意。

T 寺鸣钟香鼎,游客并不太多。宋宗言不信这些,进去一趟也就是随便看看,感受一下氛围,可闻邱出人意料地虔诚。

"我奶奶信佛。"他说,"每年都要去山上的庙里祈福烧香。"

人有所信,才能在难挨的痛苦和漫长的光阴里好过一些。

他俩这趟出行没跟团,西北辽阔无垠,景点间隔又远,只好选择拼车。他们幸运地碰上了一对自驾游的老年夫妇。老太太年纪大一点儿,却一点儿也不怕自己看起来老,特地染了满头银发。她的丈夫看起来才五十岁出头,身强体健。

据他们自己所说,两口子住的城市离这儿不远,每年都要来附近自驾游一趟。

闻邱不孤僻,但也不是自来熟的性格,甚至不像是会甜言蜜语哄着长辈的乖乖仔,却与这位陌生老太太极为投缘。时常在车上跟人聊得哈哈大笑,开心得不得了。

"你还听这歌儿啊!"闻邱在后座教老太太下载一个 APP,听见老太太跟着车载音乐一起哼,惊呼道,"太潮了。"

老太太说:"哪里潮啦?这都是几十年前的歌了!"

闻邱说:"听朋克摇滚还不潮。"

老太太拨了拨自己内衬上的铆钉:"我穿衣服也潮得很呢!"

闻邱哈哈一笑,竖起大拇指:"朋克奶奶!"

公路笔直着往南延伸至地平线尽头,天气好时云朵会分成几层漫出漂亮的焦糖色。

"您怎么没跟孩子一起来?"后座的两人聊得热火朝天,宋宗言放下导航,觉得自己也得说点什么,于是尝试与稍显沉默的司机拉开话匣子。

司机显然不善言辞,"啊"了一声:"没孩子。"

宋宗言:……

老太太在后座抬起头来接话:"孩子不在了,飞机失事没的。"

要不是坐在车里,宋宗言估计得鞠躬道歉:"对不起。"

"没事没事,"老太太摆手,"好几年了。"

他们的女儿、女婿早年移民国外,三年前带着小孙子一起回国时飞机失事,尸骨无存。

车内一时间只剩高昂的摇滚乐在耳边轰鸣。沉默了十来分钟后,看着窗外景色的老太太又跟着音响轻轻哼起来。

"不会唱,其实也都听不懂。"老太太转头对着闻邱笑,"我孙子喜欢听,我也是跟着听着玩儿。挺吵的,不过热闹。"

"嗯。"闻邱点头，跟着笑，"我也喜欢听，热闹。"

老太太算半个当地人，沿途带着两个小辈吃了许多当地特色美食。闻邱挺爱吃面，自制调料时浇了大半碗辣油，红彤彤的特别吓人。

宋宗言一直盯着他吃面，闻邱卷起一团示意他尝尝："光看干吗，你来试试。"

宋宗言摇头，坚决地拒绝："辣吗？"

"不辣，这儿的辣椒一点儿辣味都没有。"闻邱非常诚恳。

"你都冒汗了。"宋宗言不信。

"我是热的，这店里空调暖气太足了。"闻邱道。

他俩一个进攻、一个退守，为了一筷子面闹得不可开交，跟七八岁的小孩儿似的，最终闻邱把那筷子面塞进了宋宗言的嘴里。

宋宗言咽下去后说："还好，是不辣。"

"本来就是嘛，"闻邱不满，"我能骗你吗？"

老太太跟她丈夫在旁边看着直笑。

年轻真好，拥有蓬勃的生命力与浓烈的爱恨悲喜。

西北的夜晚降临，天黑了个彻底。外面空旷静谧，司机要抽烟，他们便停了车，几个人靠在车身上聊天。夜风萧瑟，每个人都裹得严实。

"因为光污染，都看不见多少星星了。"闻邱抬头看夜空，唯有一颗星明亮地挂在天边。

"是啊,咱们小时候一到夏天连北斗七星都能看见。"老太太说。

"你们小时候是什么样儿的?"闻邱靠在她旁边问道。

"我们小时候啊……"老太太陷入了无限的回忆。

四周只有楼房的幢幢黑影和来往车辆明亮的灯光。闻邱静静地听她说故事,一瞬间好像回到了很多年前——他才到闻家来的那个夏天,自家老太太在院子里搬了张简易床,与他看星星说故事。

抽烟的男人回来了,听她絮絮叨叨以前吃不上饭、上不了学、跟丈夫只见过一面就结婚的琐事,便道:"谁爱听你说那些啊,对着人家小孩子絮叨这些。"

老太太跟他顶了两句嘴,又问闻邱:"是不是很无聊?"

闻邱说:"不会,以前上小学时,大家写作文还都爱写夏天晚上看着星星听奶奶讲故事。"

老太太高兴地笑了:"那都是你们编的!"

这之后她也不絮叨了,走到丈夫身边,和他共用一个保温杯喝热水取暖。

宋宗言与闻邱还靠着车身,看只点缀了一颗星的夜空。

宋宗言开了个玩笑:"现在星星没了。"

闻邱看了看他,说:"奶奶也没了。"

宋宗言:"不好意思。"

闻邱却"扑哧"笑了,遥望着那颗明亮的星:"你要不要这么不走运,随口说句话都戳中别人的伤心点。"

快乐的时光总是短暂,第六天时这对老夫妻跟他们道别。闻邱当天不知是水土不服还是吃多了牛羊肉,发起了低烧,一直精神恹恹的。上了车便昏睡,吃饭只吃得下酿皮和酸奶。

老太太担心他,让丈夫把车内空调的温度调低点,以免他出去时因温差太大而病情加重。

闻邱烧得不严重,就是昏昏沉沉的觉得恶心。他睡着时不知抓到了谁的手——粗糙干燥,手心都是厚厚的茧子。

这是双老人家的手。

他本来沉重的呼吸忽然轻了许多,抓着那只手不放。

闻邱醒过来才发现自己抓着老太太的手,赶紧道歉。老太太直说没事,末了又怕他尴尬,指着他手腕上的佛珠,问道:"你一个男孩子,怎么戴着串佛珠?我还当只有我们这种老太太才喜欢呢。"

闻邱摸着手腕上颜色沉沉的佛珠,目光低垂,好半天才回:"我奶奶的。"

老人家心如明镜,一听便明白了,笑了笑不再提。

四个人在酒店门口道别。西北狂风吹得老太太的满头银丝在空中飞舞,她抱了抱闻邱和宋宗言。老人家身上的气味和奶奶很相似，闻邱一闭上眼，恍惚间都不知道站在自己面前的人是谁。

"对了，"老太太说，"这几天给我们拍的照片能不能让我看看？我删减一下，你们回去后好发给我一份。"

"嗯。"宋宗言把相机递给她，"等回去我拷贝到电脑里打包发给您。"

"哎，谢谢。"老太太摆弄电子产品还算娴熟，只是眼神不好，一张照片看半天，"这张不好，把我拍胖了。"

"嗯。我技术不好，没选好角度。"宋宗言虚心接受批评。

"不怪你，是我人长得胖。"老太太逗他。

照片一张张往下，一堆风景照里，夹着一张宋宗言和闻邱的合照。

老太太手顿了一下，看了半天，旋即又笑了："这张好看，真好看。到时候也发我一份吧，行不行？"

闻邱和宋宗言对视了一眼。

老太太把相机还回去，她眼睛浑浊，眼神却温暖，说："你们都是好孩子，以后都要好好的。"

西北狂风太凶猛，吹得人胸腔与眼睛都如呛进了磨人的砂砾，差点掉下泪来。

闻邱看着那辆黑色的越野车越来越远，很快便在辽远的公路上凝成一点。他转过身来，声音染上湿意："我想我家老太太了。"

宋宗言微微叹气，伸手碰了碰他的肩膀："风太大了，

第八章

先回酒店吧。"

闻邱在被子里焐了许久，宋宗言再来找他时，他已经退烧了。

宋宗言似乎感受到了他的情绪，道："好些了吗？"

闻邱点头："聚散离合都是常有的事。"

宋宗言说："嗯。"

闻邱又道："我们以后可能也会……"

宋宗言："闭嘴。"

闻邱哈哈一笑，然后"呸呸呸"几口："好了，我不乌鸦嘴。"

酒店里很安静，只有轻微的耳鸣和空调出风口发出的细微声响。

宋宗言被他逗笑了。

他们都明白，在一起创造的回忆和当下的喜乐，远比结局那点可能会遇到的遗憾要更值得铭记与想念。

"如果我奶奶还在，她肯定会很喜欢你吧。"闻邱声音沙哑柔软，"你没见过她吧，她是个特别有意思的老太太，跟咱们这次遇到的朋克奶奶一样有意思……"

宋宗言一直耐心地听他说，直到他把头低下来默不作声。

"如果能见到她，我肯定也会喜欢她。"宋宗言说，他拍了拍闻邱的肩，"以后我陪着你。"

盐湖洁白如凝霜，空旷透亮如人间仙境。闻邱简略拍了几张风景照，便跟宋宗言在桥上漫步。在心旷神怡的景色下，仿佛心境也跟着开阔了许多，站在桥中央往远处看，每一处都如此辽远。

暮色沉沉，本来就零零散散的游客又渐渐少了许多。

满头银丝的老太太正跟老伴在远处斗嘴，闻邱忽然提议："我们拍个照吧。"

宋宗言说："不是一直在拍吗？"

闻邱却道："拍个别的。"

他们背了一路的三脚架终于派上用场。闻邱摆弄好相机，然后跑到宋宗言身边。

"好了。"他面对宋宗言笑了下，眼睛映在凝霜景色下澄澈清亮，比洁白的湖面还要漂亮。

宋宗言在他的眼睛里看见了自己缩小的倒影。

闻邱提议道："来张合影吧，宋宗言。"

他知道宋宗言不太喜欢拍照，但眼下景色如此壮阔迷人，任谁也想要留存一份可以让时间定格的纪念。

宋宗言低下头，却是应了，温和笑道："好。"

风声在耳边呼啸，虽是冷冽，但他们呵出的滚烫气息吹遍了天地间每一个角落，像热情的火滚滚燎原。

往后遇到再多的艰难险阻、沉痛的聚散离合，想到此刻恐怕也觉得无所畏惧了吧。

"咔嚓"一声，画面定格。

照片里，遥远的湖面与天际连成一线，遥远的山脉矗立在背后露出模糊轮廓，少年人无畏的笑容点亮了这波澜壮阔的湖光景色。

以后的每个新年，闻邱都不会再孤零零一个人了。

番外一

新年
The spring festival

Xin Nian

新年

The spring Festival

番外一

　　年三十当天，闻邱一个人在家睡到中午才醒，前两天宋宗言来时他俩逛了趟超市，此时冰箱里塞满了那天的"战斗成果"。

　　闻邱煮了一包汤圆当午饭，本来还想吃个雪糕，可想了想，虽然房子里暖气充足，但若因此在大过年生了病未免得不偿失，于是作罢。

　　吃了午饭后他穿上衣服去了邱云清家里，A市的年夜饭一般晚上五六点才开始，他到邱家时邱父因前一晚值夜班，此时还在补觉。邱母在厨房准备晚饭，湿着双手来给他开门。

　　家里开了地暖，闻邱进门脱了羽绒服和围巾，邱云清在自己房间翻译文稿，见他来了显然很高兴，招呼着他喝茶吃水果。闻邱跟她说了会儿话，没坐一会儿主动起身帮忙贴对联、窗花。

邱云清的母亲不太好意思，说你坐着，等云清爸爸醒了让他来，哪能让你忙。

闻邱倒不在意这些，很快就贴好了。

邱云清开着音响放歌，家里人不多，此时却也难得地显出了其乐融融的氛围来。

邱母端了盘自己炸的圆子出来，糯米圆子香气扑鼻，她招呼闻邱："你尝尝阿姨今年做的圆子，没放葱，不然炸出来容易焦，颜色就不好看了。"

闻邱用手拿了一个塞嘴里尝起来："好吃。"

邱母每年都会炸圆子，以前闻家老太太在时也爱帮忙，一到过年厨房都是热闹的。只可惜，今年只有她了。

"那我就放这儿了，你俩也别吃太多，等会儿还有一桌菜呢。"邱母把碟子放下来。

邱云清吃了两个就不动筷子了，闻邱一边嚼一边拿手机拍了一张。

"给谁发信息呢？"邱云清看他手指在键盘上敲来敲去，"有喜欢的人了啊？"

闻邱含糊应了下，收起手机。

邱云清有些感慨："以前还没注意，现在一想，你都快要到成家立业的年龄了。"

闻正阳大约也期盼着这一天，当年收养的小孩儿瘦小又脆弱，如今已经长成挺拔可靠的男人。

十来年光阴匆匆掠过，成长与消亡交替进行。

年夜饭吃得丰盛，闻邱还陪着邱云清的父亲喝了几杯酒。不过四个人而已，吃得再慢不到一小时也都饱了。刻意延长的热闹反而意兴阑珊。

邱母这两年兴时髦，爱上了发朋友圈。饭吃到最后，便说要拍个照留影。闻邱举着手机跟他们自拍，好在他手长身量高，把四个人框进了相机里。

保存照片时闻邱想起来前年似乎也拍过这么一张照片，当时奶奶还在，五个人难入镜，于是拍照的闻邱只有半张脸在镜头里，仅露出的那只眼睛在压缩画质下都变了形，细长弯曲，是笑的模样。

邱云清留他在家里过夜，闻邱婉拒了。这几年年味渐淡，八九点的路上还能见到不少人在闲逛嬉闹，闻邱裹紧羽绒服招手上了辆出租车。

小区楼下灯影幢幢，不知道谁在绿化带上挂了一溜的彩灯，把那一小片地方照得五光十色、绚烂无比。

闻邱在楼底下冷得打哆嗦，却还坚持露出手来发信息："来了没？"

"等一下。"

"你妹妹要跟着？"

"在甩开她。"

宋家人丁兴旺，每年过年都十分热闹，吃过年夜饭后看春晚的一拨、出去玩的一拨、打牌的一拨、玩游戏的一拨。

宋宗言准备出门，却又被妹妹逮住。

宋家妹妹不好甩，他花了不少工夫，待下楼已经是十几分钟后了。闻邱觉得冷，便在花坛边走来走去，想驱驱寒。

忽然他头上被人放了什么东西，闻邱立刻知道是谁来了："你放什么了？"

他去摸头顶，摸到两个椭圆形的坚果。

"给你补脑。"宋宗言在他身后笑道。

"走开啊，"闻邱把那两颗核桃抓到手里，"我刚刚在这儿被冻得茅塞顿开，已经想出来要怎么办了。"

他俩最近在玩一款益智解谜类的双人射击游戏，昨天卡在一个关卡上，纠结了半个多小时也没过去。他俩临下线前打了个赌，赌谁能破解这关。今早宋宗言就说自己大概已经想出来了，闻邱不甘示弱，苦思冥想大半天，不过他仍然什么都没想出来。

"那晚上回去上游戏看看谁的办法是对的。"宋宗言说。

"行啊。"

他俩今晚没什么事，只是无聊地约着一起逛逛。两个人往小区外面走，一路上的彩灯流光溢彩。闻邱说："去年来还没见你们小区弄这么花哨。"

"换了个新的物业，比较亲民，逢年过节送卡片，我妈生日时还送了束花。"宋宗言解释。

闻邱"哦"了一声："这么热情搞得社交恐惧症患者都不敢住这儿了。"

宋宗言这才想起来他上句话里的不对劲："去年？"

"嗯？"闻邱才意识到自己方才嘴瓢了，"什么？"

"你去年来过？是……也是除夕那晚？"

闻邱装傻："什么啊？"

宋宗言盯着他的脸，闻邱面不改色，看不出任何破绽来。

"没什么。"宋宗言也不再刨根问底。

有些事对方不想被戳穿，那他就装作不知道吧。

以后的每个新年，闻邱都不会再孤零零一个人了。

闻邱终于想起脸熟的男孩叫什么，敢情还是他乡遇故知。

番外二

培训
Training

Pei ✉ Xun

培训 *Training*

番外二

　　暑气难消的八月清晨，妹妹早上醒来便满屋子乱跑，却没找到哥哥，一下子急起来，坐地上就哭闹。保姆哄不住她，辛红只能自己亲自上阵："哥哥去学校了，乖，晚上我们用手机跟哥哥视频，好不好？"

　　小朋友抽噎着说不好不好。辛红也烦了，把小兔崽子丢给了她爸。

　　宋父耐性好，哄了半个多小时终于把女儿哄睡着。

　　辛红已经梳洗好，准备吃早餐："你儿子早上几点走的？"

　　宋父理了下自己被女儿抓皱的睡衣，说："六点多。"

　　"这么早。"

　　"九点要报到，走太晚了赶不上。"

　　"他真是去培训什么无人机操作了吗？"辛红喝了口牛奶。

宋父点头:"嗯,他自己不是说了吗?"

辛红分析道:"不会是背着我们偷偷出去玩了吧?"

宋父不擅长猜测孩子的心思,此时听老婆这么说不禁思索起来:"都上研究生了,我们该放手了。"

"我也没说不让他玩。"辛红回。

家里关乎孩子的话事权都在辛红嘴上,眼见她不反对儿子出去玩,宋父也不再多说,点点头,说了声那就行,然后靠回椅背上看报纸。

清晨,趁着太阳还没升高,宋宗言赶高铁去临市,他报了个只面对本省招生的无人机短期培训班,价格优惠再优惠,是闻邱偶然从网站看到的。

宋宗言提早一刻钟到了高铁站,进 M 记买了两份早餐。他俩之前一起旅行时,为了图方便在车上总吃面包,吃了两三回后彻底厌倦,现在连闻到那味儿都觉得犯恶心。

临市是本省排不上名的旅游城市,经济发展一直没跟上,胜在山青水绿,空气清新。

培训学校不大,但胜在新,设施也齐全。闻邱跟宋宗言住在一个宿舍——说是宿舍,其实和快捷酒店的标间差不多。

他俩其实对无人机兴趣都不大浓厚,这趟出来也是图个新鲜。

培训第三天,宋宗言基本已经摸清了附近的地图。他俩晚上吃完饭后就在琢磨去湖边最近的路，然后就一头扎进了低矮的居民楼群里。

当地居民楼的路曲折蜿蜒，夏天夜里又十分寂静，香樟树的香味弥漫在大街小巷里。闻邱指着幽深巷子里的一根歪脖子树说："等一下，拍个照。"

巷子尽头拴着个瓦数低的白炽灯，晕出朦胧的光亮，树的阴影正低低地垂到地面上，还真有几分文艺片的氛围。

"你去那儿站着，我给你拍一张。"闻邱指挥他。

宋宗言说："你站着吧，我给你拍。"

"你的技术不足以拍这种背景。"闻邱拒绝。

宋宗言只好自己站过去，闻邱一张照片拍了两三分钟才拍好。

"看看，怎么样？"他献宝般把相机递过去，"拍出了乡村文艺电影男主的气质。"

宋宗言一看："不卖座的那种。"

闻邱笑："少说也得有三亿票房吧。"

他俩边走边侃，后面还零零散散跟着几个人，大约都是培训学校的学生。

"是不是有两个人一直跟着我们？"闻邱隐约发现了后面有两个男生一直跟在他们身后。

"嗯，应该是。"宋宗言说。

"他俩要干吗？"闻邱皱眉。

宋宗言示意他收声，就听后面那两人的窃窃私语——

"这里真能走到湖边吗？"

"不知道。"

"我们要不要回头？"

"都走十几分钟了。"

"那还是继续吧，前面的人好像认路的样子，别跟丢了。"

……

闻邱说："咱俩也不算认路啊。"

"大概没问题，前面应该就到头了。"宋宗言还算有自信。

一条道终于快走到尽头时，路中央忽然蹿出来一条狗，闻邱正借着气氛跟宋宗言讲恐怖故事，凭空一声狗叫把他吓了一跳，抬眼一看就见一条黄白相间的土狗凶巴巴地昂头冲他们吼。

闻邱跟他对吼："叫什么啊你？"

那狗一顿，在他脚边转了两圈，又赶紧溜了。

他俩没当回事，继续往前走。结果就听那狗在后面愈加凶狠地叫了起来，闻邱回头一看，只见那狗又冲着他们后面的两人奔过去，在人家脚边直转悠，跟方才完全两个样子，甚至还敢张嘴咬人衣服。

被咬衣服的男孩显然有些吓到了："走开！"

狗主人在屋子里听见了狗叫，一直在喊："豆豆，进来！豆豆，进来！"

狗压根不听，任由他喊，依然一边汪汪地叫一边去咬人衣服。

个子矮点儿的男孩子直往旁边躲，跟房子里的狗主人隔空对话："你出来喊它啊，在里面喊它不听！"

主人没听他的，犹在屋里不紧不慢地喊："豆豆进来，别咬人。"

男生：……

最后还是他旁边个子高点的男生一脚踢过去才把那只疯狗吓走。

闻邱忍不住笑了："我们从这儿走，他叫两声就跑了，怎么你一来他一直冲着你叫？"

男孩也很无语："不知道啊，我身上也没带什么东西，它还一直往我身上扑。"

他旁边的男生说："你晚上吃狗肉了。"

"没有！"他辩驳，"我尝一口发现不对劲就立刻吐出来了。"

闻邱哈哈笑了两声，培训学校旁边有几家私房菜馆，闻邱也从门口路过几次，但没进去过。

几个人走出了居民楼，路灯开始密集且明亮起来。跟在他们身后、差点被狗咬的男孩说："没想到从这儿走真能走出来。"

闻邱说："对啊。"

男孩主动说道："我们不认识，看你们在前面好像认识路，就一直跟着。"

宋宗言回道："我们也是第一次走，上课的时候有个本地人说这条路也能到湖边。"

大晚上在这附近闲逛的基本都是来培训学校学无人机的，因此大家也不用多介绍，光看年纪听口音就能知道彼此的身份。

只是走到路灯下时，闻邱才惊讶地"咦"了一声："你看着挺面熟的。"

方才太暗了看不清，这会儿那男孩盯着闻邱的脸也愣了下："你……是闻邱？"

敢情这还是他乡遇故知。

闻邱也终于想起来这脸熟的男孩叫什么了："方唯？"

✦
✦
✦

Concealed
Wish

✦
✦
✦

他们早就一起看了无数次日出，想必以后也会再看无数次。

番外三

萝卜坑
Turnip pit

LuoBo Keng

萝卜坑

番外三

"所以你们为什么分手？"

喋喋不休一个多小时的张封阳忽然被打断，他的大脑宕机了几秒才反应过来，不大自信地说道："因为……我说她珠圆玉润？"

宋宗言镇静地点点头："应该是。"

张封阳一摆手，道："重点不是这个，你先听我说……"

眼看他又要长篇大论，宋宗言看了眼手表上的时间，不敢再迂回，直截了当地问："说挺多了，你直接说需要我帮什么忙？"

张封阳沉默了片刻，说："最近大家都刚忙完，有了点空闲，你看你和闻邱能不能攒个局，大家出去放松放松。"

宋宗言略一思索，明白了他的意思，道："我回去问问闻邱。"

"哎，"张封阳拍了拍他的肩膀，"感谢！"

张封阳这事儿要从上个月说起，彼时六月刚过，一年过半，夏季的热浪来势汹汹，伴随高温到来的同时，他和储文馨这对鸳鸯分手了。

他们两人在一起时就让人跌破眼镜，导致分手后身边的好友都觉得是意料之中的事。两位当事人大约也被群众的思想影响，因此分手后直接拉黑并删除了彼此的所有联系方式，再无联系。

当然，群众的影响效用也未必这么大，主要原因可能还是分手时间过于不恰当。六月，学生时代恰逢考试周，如今成了社会人士，正值第二季度末，手头的工作堆积如山，以至于忙到压根没有时间伤春悲秋。

熬过了六月，张封阳在睡了一天一夜后，看着洗手间里少了一大半的洗漱用品骤然回过神来——他和储文馨分手了。

分手至今，满打满算 28 天，双方均高抬姿态，谁也没拉下脸来联系谁，眼看着要往老死不相往来的趋势发展。张封阳面对冷锅冷灶，生出怀念之情，赶紧想方设法去挽救。然而他拉下了脸，放下了身段，储文馨那边仍是八风不动，压根没给他机会，他只好火急火燎地找外援。

外援宋宗言回去后跟闻邱说了这件事，闻邱以九曲十八弯的心思一琢磨，就明白张封阳这厮干吗找宋宗言帮忙了。

若论亲疏远近，闻邱与张封阳的关系更近，但他跳过闻邱来找宋宗言当中间人，无外乎是因为闻邱与储文馨的关系也更近。倘若帮了忙后两人复合未果，闻邱夹在中间难做人，可要将宋宗言迕回进来，往后的尴尬就要少一些。

"他要是诚心想复合，就帮一下呗。"闻邱说，"不过也就去问个话，储文馨要是不答应，我们也别多管。"

毕竟掺和别人的恋爱是一种愚蠢的行为。

宋宗言自然了解，更何况他本来就不是多管闲事的人，便说："行。"

这几年他们本来就习惯于年中出去旅游一趟，赶在年中旅游不光是为了游玩，也是为了放松。这回的目的地选在了Ａ市附近的一处风景区，那里山清水秀，闹中取静。

宋宗言问储文馨时，也坦白了参加人员，储文馨过了大半天才回复了一句"去"。

消息传到张封阳耳中，他终于露出了一点笑容，碰了这么多天壁，复合大业终于有了点戏。

一行六人，选在周五出发，当天风和日丽，只是日光太过毒辣，有些晒。

因为目的地不算太远，六人选择自驾出游，开了两辆车。宋宗言一辆，张封阳一辆。

大家去储文馨家楼下接她时，她倒未摆脸色，表情一如往常。只是在张封阳赔着笑脸问她要不要坐自己的车时，

她连个眼神也没给，径自往前面宋宗言的车走去。

闻邱自后视镜里偷窥这二人的动静，忍不住道："怎么看张封阳碰钉子，我有点开心呢。"

宋宗言问他："开心什么？"话音落下，还没等到回答，后座车门就被一把拉开，储文馨回绝了张封阳要帮提箱子的举动，自己拎着行李箱坐了上来。

闻邱扭过头去看她，说："我们就去三天两夜，拖个箱子有点夸张了吧。"

回应他的是"砰"的一声响，储文馨潇洒地关上了车门。

"反正开车去。"她这才回话，用手扇风，目不斜视。

车门外的张封阳张嘴又闭嘴，闭嘴又张嘴，一句话也不敢说。

闻邱暗笑，摇下车窗朝张封阳挥手，嬉皮笑脸道："别送了小张，回去吧，我们帮你照看储姐。"

张封阳重重地哀叹一声。

进入七月，气温稳步上升，下午两三点阳光正烈，车内外浑然是两个世界。闻邱刷了一会儿手机，有些犯困，宋宗言一边开车，一边伸手帮他把遮阳板推了下来。

"困了？"宋宗言问他。

"有一点。"闻邱打了个呵欠，"昨晚睡太晚了。"

"那你睡一会儿，"宋宗言看了下手机地图，"估计还要三个小时才能到。"

A市距目的地三百多公里，开车需要近五个小时。

闻邱呵欠连天，却不肯睡，说："算了吧，怕你出事。"

后座的储文馨已经闭眼睡着了，闻邱如果再睡，司机只能一个人熬着。长时间开车，走的又是高速，闻邱心里可过意不去。

宋宗言也没坚持，只说："吃点零食？"

"你要吃吗？"闻邱说，"吃颗薄荷糖醒脑。"

他俩说话的工夫，储文馨已经慢悠悠醒了过来，闻邱回身指使她："储姐，你旁边有袋零食，帮忙拿一下。"

储文馨坐直身体把零食袋递给他，似乎不太舒服，开口道："有话梅吗？我有点晕车。"

"有，"闻邱从袋子里挑了两颗薄荷糖和一袋薯片，把剩下的又还给储文馨，"买的基本都是你爱吃的，随便挑。"

储文馨翻了翻零食袋，发现还真都是她爱吃的，不免惊讶，怀疑地看向闻邱，问："张封阳买的？"

"只有前男友能记得你的口味，"闻邱反驳，"好朋友就不能记得了？"

储文馨笑道："真的假的？"

"真的，"宋宗言佐证，"昨晚我们去超市买的。"

"也是，"储文馨嘬了嘬嘴，开了盒酸梅，"张封阳可没这么细心。"

张封阳开车的车速稍稍快一些，两辆车一前一后，但由于宋宗言跟得不紧，此时已经看不到张封阳那辆车的踪

影。

"你现在怎么想的？"闻邱好奇，"还能和他旧情复燃吗？"

储文馨往嘴里塞酸梅，表情扭曲，她朝宋宗言扬了扬下巴，示意道："宋博士还在呢，我不敢说。"

闻邱剥了薄荷糖递给司机，道："没事，我帮你策反他，保证宋博士传达给敌方的都是虚假消息。"

储文馨笑道："行啊，宋博士这是要当双面间谍。"

宋宗言：……

三个人嘻嘻哈哈，最终也没套出储文馨的心里话。

天色暗下来时，一行人终于到了目的地。

众人被困在车上五六个小时，都快要蔫掉了。下车后他们一嗅到新鲜的空气，精神就高涨上来，当即如活水的植物般又一颗颗挺立起来，拖着行李一边叽叽喳喳地往预订好的客栈走，一边讨论着晚饭吃什么。

这次出行的游玩攻略是宋宗言一个人做的。他们六人当中，其他五人都已经参加工作，唯有宋宗言继续攻读博士，在科研的道路上继续迈进。理所当然地，大家都觉得他是最清闲的那位。

研究生最后一年时，宋宗言也就读博问题跟闻邱进行了长谈，他想让闻邱也继续读下去。他俩既没有家庭负担，也没有生活压力，找工作不急于一时，自然可以继续读书。

只是闻邱实在不是学习那块料，研究生毕业后已经不想再留在学校，索性出来找了个工作。

只不过工作尚且一年，一群人已经悔不当初，每次聚会逃不过的话题都是读书有多快乐。

这时候大家艳羡的目光就会落到宋宗言身上，宋宗言心里有苦难言，也想叹气。虽然工作辛苦，但读博也没有那么轻松。这大概就是人类的悲喜并不相通吧。

"说起来，现在还是暑假吧。"晚饭吃的是本地特色菜，味道尚可，一群人吃饱喝足开始闲聊，不免聊到现在的生活压力。

"还是有假期好，"张封阳边假哭边道，"我已经好久没有休息了，这还是我第一次休公休假，一年就五天啊。朋友们，五天！"

其他人也纷纷抱怨："哪有上学快乐，宋宗言，有暑假真好啊。还是你上学轻松。"

虽然宋宗言觉得这话不对，但他从来不跟人争辩，况且单论假期，他的假期确实是他们的几倍。

闻邱倒是不乐意了，他吃着宋宗言剥好的花生，说："你们也别气馁啊，再干十年就有十天了，抵得上六分之一的暑假了。"

杀人诛心，桌上倒了一片。

晚上吃完饭，几人在湖边闲逛消食，逛累了又溜回客

栈开始玩桌游、打牌。这趟出行,他们带了一堆桌游和扑克牌,玩到凌晨才散场。

第二天睡到自然醒,所有人聚齐时已经临近中午。吃饭时其他人的精神都尚可,唯有宋宗言和闻邱一副没睡醒的样子,储文馨好奇:"你俩怎么困成这样?"

"他妹妹,"闻邱指了指坐在旁边的宋宗言,"早上八点不到就打电话来,说不想去兴趣班,要过来找我们玩。"

"现在小孩这么辛苦啊,"同行的一位女生刘佳悦感叹道,"宋宗言的妹妹才上小学吧。"

念念小朋友确实才上小学,但兴趣班已经排满整个暑假,并非宋父宋母望女成凤,而是两人工作忙,宋宗言也时常不在家,只能把念念送去兴趣班。

当然,他们可以请保姆照顾孩子,但同龄的孩子都在拼起跑线,大人都在贩卖焦虑,即使是宋母也没能逃过,不过她也充分尊重念念的自我意愿。念念对上兴趣班并不反感,只是这两天知道宋宗言出去玩了,作为一个黏人精,她难免耍脾气要跟着一起。

过了下午最热的点,几人在网上浏览了一众攻略,挑挑拣拣半天,最终商议去逛本地最大的花鸟鱼虫市场。

兴许是暑假的缘故,市场里人头攒动,尤其是售卖宠物猫狗的店铺,都围了大片的人在看热闹。

店里气温不低,空气又不流通,味道便不太好闻,闻邱逗了会儿狗有些受不了，和宋宗言脱队单逛去了。

两人途经一家赌石馆，闻邱拉着宋宗言进去凑热闹。他最近在研究这玩意儿，一碰上这种石头店，就到人家保险柜前看半天。

闻邱依据网友的说法，记皮壳，记场口，记高种料打灯，如门外汉入门培训般，研究起来兴致勃勃，只待哪天亲自试一把。

宋宗言耳濡目染，也能说上几句。

两人把市场里的石头店转了个遍，转了一个多小时也没转完。张封阳焦急来信，让他俩火速归队，别耽误了晚上的活动。

晚上还有一场庆生活动，储文馨今天生日，他们自然是要瞒着寿星给一个惊喜。

他们中午吃完饭就退了房，晚上打算自助烤肉，还要野外露营，等着第二天看日出。

闻邱和宋宗言归队，远远就看见女孩们怀里都抱着一束花，储文馨也不例外。

闻邱不怀好意地笑道："谁送的啊？"

"我倒是要自己买，但有人手快先付了钱。"储文馨的语气不善，但神色倒没多么不快，可见口不对心。

眼疾手快的张封阳趁着她不注意朝闻邱抛了个媚眼。

夏天白日长，等烧烤准备妥当时，天空才刚擦黑。

闻邱帮着宋宗言布置烤架，等忙完去瞧其他人布置的桌子时不禁一惊，指着布置好的桌子问："谁还插了束花在这儿？"

桌子上插着一束满天星，赫然是下午储文馨手上抱着的那一大束。张封阳毫不客气地邀功："我呗。"

"挺有情调。"闻邱佩服地称赞道，他注意到桌上还摆了几个造型复古的小夜灯，深蓝色天幕下，浅紫色的满天星和昏黄的灯光交相辉映，确实有几分浪漫。看来某人是费了一番苦心想追回前女友。

天气炎热，好在小城依山傍水，夜幕降临后气温明显降了下来，湿润的微风夹杂草木气息吹来，带来几分舒适的凉意。

这一片基本上都是出来露营野餐的游人，夜里并不寂静，反而有些吵闹。

闻邱从盘子里挑了几串羊肉，告诉正掌厨的那位："有几串烤焦了。"

宋宗言一边翻动烤架上的肉，一边道："烤焦的你单独剔出来，一会儿我吃。"

"当然了，"闻邱说，"谁烤的谁吃。"

宋宗言被换下来时，看着盘子里的烤串，笑着问闻邱："说好留给我的呢？"

闻邱捶了一下他的肩膀："干吗？非要吃煳掉的是不是，那等着我来给你烤！"

一旁路过的储文馨看着手中的烤串，忽然觉得不太香了。

失落的姑娘很快就被惊喜砸中，野餐的末尾环节自然是庆生。张封阳订了蛋糕，桌上摆了花和夜灯，夏季晚风与浪漫袭来，有情人在这浪潮中终于破冰。

大家欢欢喜喜地庆祝生日，高高兴兴祝贺张封阳花费一番苦心终见月明。张封阳也兴奋，一口气地干了两瓶酒，喝到舌头都大了。

本来这一夜是开心的，谁知道半夜几人刚睡下，就听前面的帐篷里响起了剧烈的争吵声。

闻邱打开手机上的手电筒出去探听情况，只见张封阳红着张脸一动不动地站在帐篷外面，早已不复半小时前的意气风发。

"怎么了？"闻邱纳闷，这不才和好吗？

张封阳抹了把脸，也很纳闷，说："我也不知道啊！说着说着话突然又生气了。"

"说什么了？"跟着闻邱跑过来的宋宗言问。

"馨馨问我这次知不知道错了，"张封阳说，"我说我知道了，我不该说她珠圆玉润。然后就……"

闻邱皱眉："什么意思？你以为你们分手是因为你说她胖？"

张封阳十分无辜："不是吗？"

宋宗言也忍不住道："……不是吗？"

"是啊，当然是，我就是这么小心眼。"储文馨忽然从帐篷里冒出头，讥讽地笑道，"你说我胖我就要跟你分手，我多无理取闹啊！"

张封阳才张口发出一个字音："我……"

储文馨已经又拉上帐篷不再搭理他。

闻邱看着面前委屈的张封阳，拍了拍他的肩膀，说："直男。"

失魂落魄的张封阳一个人冷静去了。

宋宗言和闻邱往回走，宋宗言没忍住，问道："所以他们为什么分手？"

闻邱看他一眼，答："因为他说自己女朋友珠圆玉润啊。"

宋宗言："……是吗？"

"是吗？"闻邱眯着眼睛笑，学他说话。

行吧，搞不明白。

天还未亮，正睡得迷迷糊糊的闻邱被人推醒。

昨晚一群人闹到半夜才睡下，加之睡了一夜帐篷，不太舒服，闻邱被推醒后难免有些起床气。他半睁着眼，皱着眉，不快地问道："几点了啊？困死了。"

"快要日出了，起来看吗？"宋宗言大约醒得早，声音低沉，带着一股从外面沾染来的露水气息。

闻邱还是很困，一点也不想起来，宋宗言也没逼迫他。

帐篷外传来零星的响动，许多人已经起床准备看日出。帐篷里几乎是一片漆黑，亦寂静无声，唯有一点露水的气息，湿漉漉地笼罩而来。

日出当然很美，却不新鲜。闻邱抱着杯子喝了口水，几个人都醒了，坐在一起看着朝霞自远方的地平线缓缓升起。天色一寸寸明亮起来，余光里，身边人的面容也一寸寸清晰可见。

他们早就一起看了无数次日出，想必以后也会再看无数次。

早已不再新鲜，却又不想错过任何一次。

天色大亮后，大家收拾东西，准备吃个早饭便返程，速度快的话还能赶上家里的午饭，再休息一下午，第二天又该做回打工人。

看日出前有人没来得及收拾自己，此时正忙着洗漱，女孩们也忙着护肤化妆。储文馨和刘佳悦凑在一起说说笑笑，昨晚好不容易哄得美人归又搞砸的张封阳一个人在远处拆帐篷。

宋宗言也在忙着收拾东西，忽然有人从身后戳了一下他的下巴。

"怎么了？"他没回头也猜出了是谁。

"胡子都扎人了。"闻邱回忆了下手感，"不是带剃须刀了吗？"

"没镜子。"宋宗言早上还没来得及刮胡子，还好一夜时间冒出来的胡子不多，只浅浅一茬青色。

"找储文馨她们借一个？"闻邱提议，正好看见储文馨捧着气垫在脸上扑粉。

"算了，"宋宗言说，"等会儿去车里刮吧。"

"别弄一车的胡茬儿。"闻邱不赞成，"来，我帮你。"

他冲他招手，宋宗言忙完了手里的事，走过去。

浓密树叶投下一片巨大的阴影，宋宗言站在树下，微微扬起下颌。

面前的男人拿着剃须刀在他下巴上一丝不苟地缓缓移动着，动作很轻，像是怕不小心把皮肤刮出血痕——这事儿不是没发生过。因此闻邱的神色难得认真，嘴唇平直微抿，不似往常总笑着的模样。

两人贴得很近，宋宗言能看见他垂下的睫毛抖动了几下，像轻扫过皮肤的清晨微风。

吃完早饭时间还早，几个人商议一番又去买了些当地的特产准备带回去送人。

在店里买东西时，闻邱被人碰了碰肩膀，回头一看，张封阳像做贼般示意他出去说话。

"什么事？"闻邱问。

张封阳道："昨天我们不是去花鸟鱼虫市场了吗，馨馨看中一盆君子兰，老高老高的，不方便带走，就没买，我现在……"

"你现在要去给她买？"闻邱一眼看穿。

"对啊，"张封阳锲而不舍，"来个人陪我一起？"

宋宗言也跟了出来，此时便说："我去吧。"

闻邱没有阻止，孤身一人返回店里。其他人见少了两人便问怎么回事，闻邱随口扯了个谎，说他俩去买点别的东西。

回程路上，仍然是闻邱、宋宗言与储文馨一辆车。

只是临开车前出了点意外，闻邱眼尖，看见宋宗言的右手上有一片红痕，忙问："怎么搞的？"

宋宗言还没回话，张封阳凑过来，小声地道歉道："真不好意思兄弟，刚才我俩把那盆君子兰搬进后备厢时，宋宗言不小心被压了一下手。"

闻邱的脸色立刻沉下来："搬个花都能出事，要是伤到骨头了怎么办？"

"没有，"宋宗言出声安抚道，"就那一下有点疼，现在也没什么感觉了。"

闻邱可不听他的一面之词，盘问了半天，看着确实问题不大才放心，只是怎么也不肯让他开车，而是自己亲自

上阵。

　　储文馨也发现宋宗言的手受了伤，问他怎么回事。

　　张封阳买那盆君子兰是为了给储文馨一个惊喜，因此宋宗言也不好提前暴露。况且若是让她知道张封阳为了买这盆花导致宋宗言伤了手，只怕弄巧成拙，于是宋宗言只好糊弄了两句。

　　闻邱忍不住想笑，心想宋宗言这糊弄学倒是有些长进。

　　假期放松过后，众人又都投入各自的工作与学习中。

　　七月末尾，张封阳忽然在聊天群里发了五个红包，过了几分钟储文馨也发了五个，含义不言而喻，大家纷纷打趣他俩终于破镜重圆。

　　周末，储文馨约闻邱去咖啡馆拿东西。闻邱加完班顺路过去，进门就看见一盆君子兰，打趣道："摆这儿了啊，张封阳还挺有心，千里迢迢给你搬了过来。"

　　"可别说，"储文馨十分冷静，"想买盆君子兰哪儿没有啊，非要显摆他的诚意。"

　　"你都知道人家在显摆，不还摆上了吗？"闻邱揶揄她。

　　"我请你和宋宗言吃饭吧，宋宗言为了这盆花还伤了手，让我有些过意不去。"储文馨道。

　　"下次吧，他今天忙。"闻邱道，"今天让我来拿什么？"

　　"我姑姑送了几箱自家果园的水果，你拿两箱回去。"储文馨说。

说是两箱水果,其实还有一些杂七杂八的当地特产,垒在一起重量相当可观。

闻邱说:"你早说这么多,我就开车来了。"

"你没开车?"储文馨惊讶,"那我送你。"

"算了,你好好看店。"闻邱拒绝,"我问问宋宗言,看他等会儿忙完能不能顺路来接我。"

"他顺的哪门子路啊。"储文馨说。

虽不顺路,但够义气的宋宗言也还是在拥堵的高峰期驾车前来接人。

咖啡店此时不算忙,储文馨闲着,于是拉开椅子坐下和闻邱聊天,她叹道:"我现在发现还是宋宗言这样的好,做的比说的多。"

"你不是说不喜欢话少的吗?"

"那也比话多到你分不清他哪句话真哪句话假的好啊。"

闻邱听出她在抱怨谁:"行了吧,一个萝卜一个坑。"

店门口风铃碰撞,发出"叮咚"一声响。

"欢迎光临。"

客人已经进来,逆着夏日傍晚的余晖,身高腿长,面容俊朗。

"不是说了不好停车,让你到门口时喊我一声,别下来了吗?"闻邱看见他立刻站起来。

宋宗言说:"你不是说水果重吗?"

他俩一来一回一人一句,各搬着水果走了出去,在门

外和储文馨挥手,道:"走了啊。"

"走吧。"储文馨看着他们说道。

是啊,一个萝卜一个坑。

The End

图书在版编目数据

热望 / 极川著.
—武汉：长江出版社，2021.12
ISBN 978-7-5492-8081-0

Ⅰ.①热… Ⅱ.①极… Ⅲ.①长篇小说-中国-当代
Ⅳ.①I247.5

中国版本图书馆CIP数据核字（2021）第244293号

本书经极川授权同意，由北京长佩网络科技有限公司委托天津漫娱图书有限公司正式授权长江出版社，在中国大陆地区独家出版中文简体版本。未经书面同意，不得以任何形式转载和使用。

热望 极川 著

出　　版	长江出版社		
	（武汉市解放大道1863号 邮政编码：430010）		
选题策划	漫娱图书　　王　琼		
市场发行	长江出版社发行部		
网　　址	http://www.cjpress.com.cn		
责任编辑	罗紫晨		
特约编辑	郭　昕 杨宇峰 买嘉欣		
总 策 划	ZOO工作室	开　本	880mm×1230mm 1／32
装帧设计	吴 琪	印　张	7.25
印　　刷	武汉新鸿业印务有限公司	字　数	316千字
版　　次	2021年12月第1版	书　号	ISBN 978-7-5492-8081-0
印　　次	2021年12月第1次印刷	定　价	46.80元

版权所有，翻版必究。如有质量问题，请联系本社退换。
电话:027-82926557(总编室)　027-82926806(市场营销部)